KB101954

風神 徐潤

풍신 서윤

풍신서운 10

강태훈 新무협 판타지 소설

초판 1쇄 찍은 날 § 2016년 10월 6일
초판 1쇄 펴낸 날 § 2016년 10월 13일

지은이 § 강태훈
펴낸이 § 서경석

편집책임 § 김현미

펴낸곳 § 도서출판 청어람
등록번호 § 제387-1999-000006호
등록일자 § 1999. 5. 31
어람번호 § 제2-2684호

주소 § 경기도 부천시 원미구 부일로 483번길 40 서경B/D 3F (우) 14640
전화 § 032-656-4452 팩스 § 032-656-4453
http://www.chungeoram.com
E-mail § chungeorambook@daum.net

ISBN 979-11-04-90989-4 04810
ISBN 979-11-04-90522-3 (세트)

풍신서윤

風神徐門

10

[완결]

강태훈 新무협 판타지 소설

청어람

1장
삼각관계

風神徐閏

풍신서윤

구름이 흐르며 달을 가렸다가 보여주기를 반복한 탓에 어둠이 세 사람을 비췄다가 감추기를 반복했다.

그것과 상관없이 세 사람의 어색한 대치는 계속되고 있었다.

마교주는 궁마존을 향해 분노를 표출하고 있었고 궁마존은 반대로 마교주를 향해 못마땅하다는 표정을 짓고 있었다.

반면, 서윤은 지금의 이해할 수 없는 상황 속에서도 두 사람에 대한 경계를 늦추지 않았다.

마교주와 궁마존이 대립각을 세우고 있는 이 상황의 원인을 정확히 알 수는 없지만 어쨌든 둘 모두 서윤에게는 적이었으니 말이다.

"제 말이 우스우십니까?"

"대업에 도움이 되는 한에서 내 마음대로 하겠다고 분명히 말했던 것 같은데."

　궁마존의 말에 마교주가 그를 노려보았다. 때마침 그를 비추는 달빛에 더욱 눈빛이 날카롭게 보였다.

"그래서 건드리지 말라고 했는데도 여기서 이러고 계시는 겁니까?"

"안 될 것이 뭐가 있느냐? 저 아이는 대업에 방해가 되는 존재. 내가 나서서 처리하든 네가 처리하든 상관없는 일 아니더냐?"

　두 사람의 대화에 서윤이 눈살을 찌푸렸다. 짧은 내용이긴 하지만 두 사람의 갈등이 왜 생겼는지 알 수 있었기 때문이었다.

"그러니까 지금 두 사람이 나를 두고 이 어처구니없는 상황을 만들고 있는 건가?"

　서윤의 말에 마교주와 궁마존의 시선이 그에게로 쏠렸다.

"어이가 없군. 한 점 남은 고기를 서로 먹겠다고 싸우는 꼴인 건가?"

그렇게 말하는 서윤의 목소리는 가늘게 떨리고 있었다. 그러면서 화가 난 듯 얼굴도 차갑게 굳어갔다.

서윤의 기도가 변했다.

분노와 함께 가공할 기운들이 뿜어져 나왔다. 그에 궁마존과 마교주의 표정에도 변화가 생겼다.

생각했던 것보다 서윤의 기운이 강했던 까닭이었다.

특히나 마교주의 놀람은 궁마존의 그것보다 더 컸다. 마지막으로 본 것이 무림맹에서였는데 흐른 시간에 비해 서윤의 성장 폭이 상당했다.

"많이 성장했군."

"그 말도 기분 나쁘군."

그러면서 서윤이 주먹을 몇 차례 쥐었다 폈다.

금방이라도 출수할 듯 기운을 끌어 올린 상태였다.

그러자 세 사람 사이의 긴장감이 팽팽해졌다. 누가 먼저 움직이나 눈치 싸움을 하고 있는 듯했다.

서윤은 섣불리 움직이기가 어려웠다.

궁마존, 마교주 둘 중 누구 한 명을 공격하면 다른 한 명의 공격을 받아야 했다. 조금 전까지는 대립각을 세웠다 해도 결정적일 때에는 힘을 합칠 것이 분명했다.

궁마존 역시 서윤을 공격하자니 마교주가 신경 쓰였다.

물론 그럴 일은 없을 것이라 생각은 하지만 혹시라도 서윤을 공격하는 자신을 방해한다면 도리어 자신이 큰 화를 입을 수도 있기 때문이었다.

마교주 역시 궁마존과 비슷한 생각을 하고 있어 쉽사리 움직일 수가 없었다.

그렇게 저마다의 이유로 세 사람이 대치하기 시작한 지 일 각의 시간이 흘렀다.

짧다면 짧은 시간이지만 세 사람에게는 굉장히 긴 시간처럼 느껴지는 순간이었다.

슥.

서윤이 발을 살짝 움직였다. 아주 작은 동작이었지만 그 파장은 컸다.

핑!

궁마존이 재빨리 활시위를 당겼다가 놓았고, 무형의 기운이 서윤을 향해 쏘아졌다.

스슥.

서윤의 다리가 빠르게 움직였다. 쾌풍보를 펼친 것이다.

쾅!

서윤이 있던 곳 뒤쪽의 건물이 묵직한 소음과 함께 무너져 내렸다. 그러는 사이 서윤은 어느새 궁마존 가까이에 다가가 있었다.

서윤의 주먹에는 푸르스름한 강기가 씌워져 있었다.

그대로 뻗기만 하면 궁마존에게 일격을 꽂을 수 있는 상황. 하지만 서윤은 그 목적을 달성할 수가 없었다.

핑그르르!

재빨리 몸을 회전시키며 자리에서 벗어난 서윤이 다른 쪽으로 주먹을 휘둘렀다.

마교주의 천마검이 서윤을 향해 찔러 들어오고 있었기 때문이었다.

콰!

촤아아악!

서윤의 주먹과 마교주의 천마검이 충돌했고 두 다리가 허공에 떠 있었던 서윤은 그 힘에 튕겨져 뒤쪽으로 한참 밀려났다.

심한 충격까지는 아니었지만 한참을 밀려난 서윤은 잔뜩 인상을 찌푸렸다.

궁마존이 쏘아 보낸 무형의 기운이 지척까지 다가와 있었기 때문이었다.

쐐에에엑!

마교주가 천마검을 휘둘렀다.

궁마존의 기운에 마교주의 공격까지…….

서윤은 이를 악물고는 기운을 끌어 올렸다.

그런데 마교주의 공격이 조금 이상했다.

콰쾅!

마교주의 공격은 궁마존의 기운을 파훼했다. 애초부터 서윤이 목적이 아니라 궁마존의 공격을 무위로 돌리려 했던 것이었다.

궁마존의 얼굴이 구겨졌다. 반면 마교주는 입가에 미소를 짓고 있었다.

당혹스러운 상황이긴 했지만 서윤은 그런 감정에 빠져 있지 않았다. 재빨리 땅을 박차고 앞으로 쏘아져 나가 이번에는 마교주를 향해 주먹을 뻗었다.

쿠쿠쿠쿠쿠!

서윤의 주먹에서 시퍼런 강기가 쏘아져 나갔다.

강기는 마치 주변의 모든 것을 빨아들이려는 듯 맹렬한 기세로 회전하며 앞으로 뻗어나가고 있었다.

자신을 향해 날아드는 기운에 마교주의 표정이 딱딱하게 굳었다.

섣불리 막으려 들다가는 자신이 위험해질 것 같았기 때문이었다.

마교주의 신형이 움직였다.

그러면서 천마검에 강한 기운을 싣고는 서윤의 기운을 측면에서 공략해 나갔다.

콰쾅콰쾅!

서윤의 강기와 천마검을 감싸고 있던 강기가 요란하게 충돌했다. 그렇게 마교주의 신경이 강기 쪽으로 쏠려 있는 사이 궁마존은 다시금 서윤을 겨냥하고 있었다.

핑!

사삭!

궁마존이 활시위를 놓음과 동시에 서윤은 그 자리에서 사라졌다.

다시 나타난 것은 궁마존의 측면.

상상 이상의 빠르기에 궁마존은 이를 악물고 들고 있던 활을 휘둘렀다.

부웅!

하지만 궁마존의 활은 허공을 갈랐다. 서윤이 다시 움직이며 그의 뒤를 잡은 것이다.

서윤의 눈에서 광채가 흘렀다.

절호의 기회를 놓치지 않겠다는 강한 의지의 표출이었다.

서윤의 주먹에 뭉쳐 있던 기운이 폭발했다.

궁마존의 몸이 강하게 튕겨 나갔고, 뒤늦게 그 사이로 마교주의 천마검이 불쑥 끼어들었다.

콰쾅!

지근거리에서 일어난 강력한 폭발에 서윤 역시 그 힘을 이기지 못하고 뒤쪽으로 튕겨 나갔다.

촤아아악!

밀려나는 신형을 멈추기 위해 바닥에 붙은 발에 기운을 더했지만 그래도 한참을 밀려난 뒤에야 멈춰 설 수 있었다.

"크흠……."

궁마존이 낮은 신음을 흘리며 돌무더기 사이에서 몸을 일으켰다. 상당한 충격이 있었는지 잔뜩 인상을 찌푸린 상태였다.

하지만 여기저기 긁힌 상처만 있을 뿐 커다란 내외상을 입은 것 같지는 않았다.

잔뜩 구겨져 있던 궁마존의 얼굴이 딱딱하게 굳었다.

전심전력을 다하겠다는 듯 아까보다 더욱 기운을 끌어 올리고 있었다.

그에 마교주와 서윤도 기운을 끌어 올렸다.

대척하고 있는 세 사람이 뿜어내는 기운 때문에 주변의 공기가 요동쳤고 숨 막힐 정도로 팽팽하게 당겨진 채 언제 폭발할지 모를 긴장감을 만들어내고 있었다.

궁마존의 시선이 서윤에게 닿았다가 마교주에게 옮겨갔다.

"한 대 맞았으니 제대로 한 대 쳐야겠는데 그래도 방해할 생각이냐?"

"생채기가 나면 안 되지요."

"내 걱정이 아니라 궁마존 저자 걱정을 해야 할 텐데. 여차하면 그냥 이 자리에서 둘 다 죽을 수 있다."

궁마존의 말을 마교주가, 마교주의 말을 서윤이 받았다. 서로가 서로의 자존심을 건드리며 도발하고 있었다.

한 치의 물러섬도 없는 심리전이었다.

먼저 정신이 흔들려 움직이면 지는 싸움. 그렇지만 역시나 불리한 쪽은 여전히 서윤이었다.

그런 세 사람을 훤히 비추던 달이 서서히 구름에 가려지더니 이내 구름 속으로 완전히 모습을 감추었다.

스르르 내려앉는 어둠.

세 사람의 모습이 어둠에 가려진 그 순간 누군가가 움직였다.

먼저 움직인 쪽은 서윤이었다.

그리고 그와 동시에 궁마존이 움직였고 가장 늦게 마교주가 움직였다.

서윤은 어둠을 틈타 마교주에게 접근했다.

궁마존의 공격을 견제하면서 마교주를 상대할 심산이었다.

빠르게 접근한 서윤의 기척을 마교주가 알아차리지 못했

을 리 없었다.

어느새 마교주의 천마검은 검은 물결로 휩싸여 있었고 접근한 서윤의 목을 노리고 빠르게 찔러 들어왔다.

하지만 서윤은 방비가 되어 있다는 듯 몸을 흔들며 공격을 흘렸고 주먹을 찔러 넣었다.

그러자 마교주의 검이 서윤의 팔을 통째로 잘라 버리겠다는 듯 기묘하게 꺾여 날아들었다.

그에 서윤은 주먹을 거두고 몸을 비틀었고 천마검이 훑고 지나간 바닥에는 기다란 검흔(劍痕)이 남았다.

핑핑!

그 순간 궁마존이 활시위를 튕기는 소리가 들렸고 그가 쏘아 보낸 기운은 곧장 서윤을 향해 날아들었다.

그전까지 서윤이 마교주에 가려져 있어 공격을 할 수가 없었는데 방금 전의 공방으로 서윤의 몸이 훤히 드러난 것이다.

계속해서 활시위를 당긴 채 서윤의 몸이 보일 때까지 기다리던 궁마존이 기회를 놓치지 않은 것이다.

뒤쪽에서 날아드는 기운에 마교주는 움찔하며 검을 휘둘렀다.

콰!

날아오던 두 개의 기운 중 하나는 천마검에 막혀 허공에

서 터졌으나 다른 하나의 기운은 막을 수가 없었다.

마교주가 방해할 것까지 계산에 넣은 궁마존의 공격이었다.

서윤은 급하게 땅을 박차며 뒤쪽으로 몸을 빠르게 뺐다.

그와 동시에 끌어모은 기운을 앞쪽으로 힘차게 뻗어냈다.

쿠쿠쿠쿠쿠!

뒤로 물러서던 서윤은 그 반동으로 더욱 빠르게 멀어질 수 있었다.

콰쾅!

서윤의 기운과 궁마존의 기운이 뒤엉켜 허공에서 폭발하며 자욱한 먼지를 일으켰다.

그와 동시에 바닥에 착지한 서윤은 지체하지 않고 다시 주먹을 뻗었다. 방향은 뽀얗게 일어난 먼지 쪽이었다.

쾅!

서윤의 기운이 무언가와 충돌한 듯 폭발음이 들렸고 직후 천마검을 휘두르는 마교주가 먼지 속에서 튀어 나왔다.

서윤은 쾌풍보를 이용해 마교주의 공격을 피하면서 풍절비룡권을 펼쳤다.

주변의 공기와 기운을 활용하는 풍절비룡권은 마교주의 공격을 불편하게 만들었고 서윤으로 하여금 상황을 유리하게 끌고 갈 수 있게 만들어주고 있었다.

마교주는 인상을 찌푸렸다.

서윤의 풍절비룡권의 위력이 감당하기 어려울 정도도 아니었고, 그렇다고 주변을 흔드는 기운이 큰 방해가 되는 것도 아니었다.

하지만 미묘하게 흐름을 방해하는 것이 상당히 신경 쓰였다.

쐐에에엑!

그런 서윤의 기운을 완전히 뭉개 버리겠다는 듯 천마겁이 강력한 기운을 몰고 와 서윤을 뒤덮으려 했다.

그에 서윤은 정면으로 부딪치는 대신 진기를 끌어모아 끊임없이 마교주의 공격을 견제했다.

스슥!

서윤이 움직였다.

그러자 이번에는 궁마존의 눈이 빛났다. 서윤이 도리어 자신과 가까운 쪽으로, 더욱 잘 보이는 곳으로 빠져나왔기 때문이었다.

핑핑핑핑!

궁마존이 상당한 빠르기의 속사(速射)를 펼쳤다.

거의 동시에 쏜 것 같이 느껴질 정도로 빠른 속사였다. 그렇게 짧은 시간에 기운을 끌어 올려 쏘아 보내면서도 위력은 조금도 줄어들지 않았다.

서윤은 궁마존의 기운이 자신을 향해 날아드는 것을 느꼈다.

위험할 법한 상황이었지만 그것은 서윤이 의도한 것이었다.

궁마존이 계속해서 자신의 모습이 드러나길 기다리고 있다는 걸 역으로 이용할 생각인 것이다.

서윤은 자신을 향해 날아드는 기운을 피하며 기운을 모은 주먹으로 궁마존의 무형시를 후려쳤다.

쾅! 쾅! 쾅! 쾅!

그러자 궁마존의 기운은 허공에서 터지는 것이 아니라 방향을 틀어 마교주를 향해 똑바로 날아갔다.

단순히 방향만 바꾼 것이 아니라 마교주를 향해 날아가는 시간차와 위력도 확 바뀌어 있었다.

서윤이 방향을 바꾼 궁마존의 무형시는 마교주가 피하기 애매한 시간차를 두고 날아갔다. 게다가 각각의 무형시가 점한 방위 역시 마교주를 곤욕스럽게 만들기 충분했다.

그뿐만이 아니었다.

서윤은 무형시의 방향을 바꾸면서 슬쩍슬쩍 자신의 기운을 더했다.

그러다 보니 처음 궁마존이 쏘아 보낼 때보다 속도가 빨라지고 위력이 강해져 있었다.

그에 마교주는 잔뜩 인상을 찌푸린 채 검을 물결이 일렁이는 천마검에 기운을 더했다.

화아아아아!

그러자 천마검에 덧씌워져 있던 검은 기운이 치솟는 불길에 기름을 뿌린 것처럼 주변을 뒤덮었다.

천마검이 움직였다.

그것을 본 서윤의 눈빛이 강하게 흔들렸다.

마교주가 펼친 것은 너무나 익숙한 설백과 설시연의 검법인 여의제룡검이기 때문이었다.

말로 들어 알고는 있었으나 실제로 보니 더욱 기분이 이상했다.

여의제룡검을 익히기 위해 설백에게 몹쓸 짓을 했을 것을 생각하니 분노가 치밀어 올랐다.

마교주가 펼친 여의제룡검은 궁마존의 기운을 하나씩 모두 파훼했다. 그 후 다시 세 사람은 대척 상태가 되었다.

"그 검법."

"그래. 여의제룡검이지. 검왕은 안녕하신가?"

마교주의 물음에 서윤이 날카로운 눈빛에 분노를 담아 그를 노려보았다.

"그런 눈빛, 내게 보내면 안 되지. 자식된 도리로서 살려

보내 드린 건데."

"……!"

마교주의 말에 서윤은 깜짝 놀랐다. 자식이라니, 설백에
게 듣지 못한 말이기 때문이었다.

놀란 것은 서윤뿐만이 아니었다.

궁마존 역시 몰랐던 사실이기에 상당한 충격을 받은 듯
한 표정을 짓고 있었다.

"몰랐나? 말씀을 안 하신 모양이군."

그렇게 말한 마교주의 입가에 비릿한 미소가 번졌다. 서
윤은 여전히 충격에서 헤어 나오지 못하는 모습이었다.

"그러실 분이지."

"방금한 말, 사실이더냐?"

궁마존의 물음에 마교주가 그쪽으로 시선을 돌렸다. 그
러고는 무심한 눈빛으로 대답했다.

"사실입니다."

"전대 교주님의 친자가 아니렸다?"

궁마존의 눈썹이 꿈틀거렸다. 눈앞에 있는 마교주가 아
닌 전대 교주에 대한 충성심으로 여기까지 온 궁마존이었
다.

한데 마교주가 전대 교주의 친자가 아니라면 그에게 최소
한의 충성도 보일 필요가 없었다.

그 말은 이 자리에서 마교주를 죽여도 전혀 거리낌이 없다는 뜻이기도 했다.

"궁금증을 모두 해소하려면 긴 대화가 필요할 겁니다."

"아니, 그것만 알면 된다. 전대 교주의 친자인지 아닌지."

그렇게 말하며 궁마존이 기운을 끌어 올렸다. 마교주의 대답에 따라 곧장 살수를 펼치겠다는 의도였다.

"제게는 아버지가 두 분 계시죠. 당연히 한 분은 친부이고 다른 한 분은 친부가 아닙니다. 그렇다면 누가 친부일까요?"

그렇게 말한 마교주가 의미심장한 미소를 지었다.

그에 궁마존과 서윤의 머릿속이 복잡해졌다. 만약 설백이 친부라면 그가 마교주의 자리에 앉아 있는 것은 이해할 수 없는 일이었다.

반대로 전대 교주가 친부라면 마교주가 여의제룡검을 익힌 것이 이해할 수 없는 일이었다.

도대체 무슨 사연과 비밀이 있는 것인지 두 사람의 머릿속에서 궁금증만 증폭되어 갔다.

그런 두 사람을 보며 미소를 짓던 마교주가 하늘을 올려다보았다.

제법 시간이 흘렀지만 아직도 밤하늘은 어둡기만 했다.

"목적을 달성했으니 여기서 물러나야겠군."

마교주의 그 말에 서윤이 퍼뜩 정신을 차렸다. 그러고는 마교주를 쳐다보았다.

그제야 서윤은 마교주가 시간을 끌기 위해 이곳에 왔다는 걸 알아차렸다.

"네놈……."

궁마존 역시 마교주의 의도를 알아차리고는 분이 풀리지 않는 표정으로 그를 노려보았다.

"이곳에 온 것은 두 가지 목적이 있었고 그 두 가지를 모두 달성했으니 만족합니다. 제가 저자 때문에 대의에 소홀하다 하셨지요? 절대 아닙니다. 정말 저를 그렇게 보셨다면 잘못 봐도 한참 잘못 본 거지요."

그렇게 말한 마교주가 그 자리에서 스르르 사라졌다. 사라지는 순간까지도 마교주의 입가에는 승자의 미소가 번져 있었다.

궁마존과 서윤은 허탈한 표정을 지었다. 그러고는 서로를 바라보았다.

둘만 남은 상황.

계속 싸우겠다면 어쩔 수 없이 싸울 수밖에 없었다. 그에 서윤은 천천히 기운을 끌어 올렸다.

궁마존 역시 서서히 기운을 끌어 올리는가 싶더니 이내 기운을 풀어 버렸다.

"싸울 맛이 다 떨어졌구나. 아무래도 오늘은 여기까지 해야겠어."

그 말에 서윤도 맥이 풀린 듯 끌어 올리던 기운을 풀어 버렸다.

"우선 아까 그놈과 못다 한 이야기를 좀 해봐야겠다. 그것이 우선이겠지. 그리고 착각하지 마라. 나도 저놈도 전심 전력을 다하지 않았으니."

"그건 나도 마찬가지요."

서윤의 대답에 궁마존은 망설이지 않고 신형을 돌렸다. 그러고는 어둠 속으로 걸어가며 말했다.

"다음에 만나는 날에는 저승길 문을 통과하게 될 게다."

그 말을 남긴 궁마존은 어둠 속으로 사라졌다. 그에 잠시 그 자리에 서 있던 서윤도 서둘러 그곳을 벗어났다.

과거 서윤과 의협대에게 큰 아픔을 주었던 조경 지부에는 다시금 정적이 찾아 들었다.

*   *   *

조경 지부를 벗어난 궁마존은 빠르게 마교주의 뒤를 쫓으려 했다. 하지만 마교주의 기척을 찾을 수가 없었다.

허탈한 마음으로 멈춰 선 궁마존은 가만히 서서 나름대

로의 추론을 해 나가기 시작했다.

'만약 설백의 아들이고 전대 교주의 아들이 아니라면. 도대체 왜 마교주가 되었는가? 설백의 아들임을 밝히고 떳떳하게 정도에서 승승장구하면 될 일인데.'

그렇게 생각한 궁마존은 인상을 찌푸린 채 추론을 계속해 나갔다.

'자리가 탐나서? 그것만으로는 설명이 안 된다. 다른 이유가 있었을 게야. 도대체 무엇 때문에? 만약, 전대 교주의 아들이라면. 왜 설백의 무공을 익혔는가.'

풀리지 않는 의문이 한두 가지가 아니었다. 궁마존의 머릿속에는 '어째서?'라는 질문이 끊이질 않았다.

"뭘 그리 생각하고 계십니까?"

갑자기 들려온 목소리에 궁마존은 움찔했다. 아무리 다른 생각에 빠져 주변을 살피지 못했다지만 이처럼 가까이 다가서서 말을 할 때까지 몰랐다는 건 있을 수 없는 일이었다.

'많이 컸구나.'

속으로 그렇게 중얼거린 궁마존이 딱딱한 표정으로 돌아섰다. 그 자리에는 웃는 표정의 마교주가 서 있었다.

"궁금한 게 많으신 모양입니다. 그렇게 싸워보고 싶다 했던 그놈도 놔두고 쫓아오시다니."

"언제든 처리할 수 있는 놈이니까."

"과연 그럴까요?"

마교주의 말에 궁마존이 잔뜩 인상을 찌푸렸다.

"바른대로 말 하거라. 누구의 자식이냐."

"그걸 꼭 지금 들으셔야겠습니까?"

"지금 이 자리에서 당장 들어야겠다."

궁마존의 말에도 마교주의 표정에서 웃음은 사라지지 않았다. 오히려 이 상황을 즐기는 것 같은 모습이었다.

"수백 번 물으셔도 지금 이 자리에서 아무런 대답도 못 들으실 겁니다."

"이놈!"

궁마존이 일갈을 터뜨렸다. 분노에 찬 시선으로 마교주를 노려보는 궁마존은 여차하면 출수할 것 같은 기세였다.

"왜 그러십니까? 절 죽이실 생각이십니까?"

"필요하다면 겨우 대답할 정도만큼 반 죽여 놓을 생각이다."

"그랬다가 만약 제 친부가 검왕이 아니면 어쩌시려고 그러십니까?"

그랬다. 마교주는 궁마존이 자신을 어쩌지 못한다는 걸 알고 있었다. 그렇기 때문에 지금 이 순간 이처럼 여유로울 수 있던 것이다.

"시간을 끌 셈이냐? 정도와의 싸움에 내가 필요하니까."

"그럴 것 같으면 그냥 이 자리에서 검왕이 내 친부가 아니라고 부정하면 될 일입니다."

"그런데 왜 말을 하지 않겠다는 것이냐!"

궁마존의 목소리가 높아졌다.

"재밌지 않습니까? 도대체 누구의 자식일까. 누구의 자식이든 이놈은 왜 이러고 있는 걸까."

"미친놈이구나, 네놈은. 그냥 미친놈이 아니라 완전히 미친놈이야."

마교주의 대답에 궁마존이 고개를 저으며 말했다.

"후후. 당분간은 정도를 무너뜨리는 데에만 집중하십시오. 모든 궁금증은 그 이후에 풀어드리지요."

그렇게 말한 마교주가 다시 그 자리에서 사라졌다. 이번에는 쫓을 생각을 하지 않는 궁마존이었다.

"저런 놈에게 마도를 맡겨도 되는 것인가."

방금 전 마교주의 모습에 궁마존은 마도의 앞날까지 걱정하고 있었다.

조경 지부를 벗어난 서윤은 빠르게 달렸다. 조금이라도 빨리 대원들과 합류해야 위험한 상황을 방지할 수 있었다.

먼저 움직인 궁마존이 자신보다 더 빨리 적진에 합류한다면 끔찍한 상황이 벌어질 수도 있었다.

얼마나 달렸는지도 모르겠고 지금 있는 곳이 정확히 어디쯤인지 알 수 없을 때, 동이 터오고 있었다.

서서히 주변이 밝아지고 있었고 숲길이 아닌 관도가 보이기 시작했다.

서윤은 일단 숲을 벗어나 관도로 방향을 잡았다.

관도로 나온 서윤은 주변을 두리번거렸다. 지나가는 사람이 있다면 위치와 방향을 물을 생각이었으나 아직 이른 시간이라 그런지 오가는 사람이 없었다.

잠시 주변을 두리번거리던 서윤의 눈에 헐레벌떡 달려오는 한 사람의 모습이 보였다. 그에게 달려오는 사람은 개방도였다.

서윤은 지금 이 순간 자신을 향해 달려오는 개방도가 그렇게 반가울 수가 없었다.

조급한 마음에 서윤도 개방도를 향해 달려갔다. 이내 다가온 개방도는 허리를 굽혀 무릎을 잡은 채 숨을 골랐다. 서윤도 조급하기는 했지만 그런 개방도가 충분히 진정할 수 있도록 기다려 주었다.

"급한 전갈입니다. 지금 상당한 전력이 소림 쪽으로 향하고 있답니다."

"소림?"

"예."

기대하던 의협대 소식은 아니었지만 어쨌든 서윤은 개방도가 계속 말을 이을 수 있도록 했다.

"전력은 어느 정도 됩니까?"

"상당합니다. 정예를 다 끌어모은 모양입니다."

"소림과 무당, 무림맹의 힘으로 막기 어렵겠습니까?"

"받은 보고로는 위험할 것 같다고 합니다."

서윤이 잔뜩 인상을 찌푸렸다. 아군이 뿔뿔이 흩어진 상황에서 적들이 정도의 중심이라 할 수 있는 소림 쪽으로 진격하고 있는 것이다.

게다가 소림과 무당, 무림맹은 지척에 있는 곳으로 한곳에서 일망타진할 수 있는 절호의 기회이기도 했다.

"의협대는 어떻게 됐습니까? 소식 들으신 것 없으십니까?"

"아직 적과의 충돌은 없었다고 합니다. 불산에 거의 다다른 것으로 알고 있습니다."

"그렇군요."

서윤은 조금 안심이 되었다.

"적들이 소림에 당도하기까지 얼마나 걸릴 것 같습니까?"

"이틀 전에 이십 일 조금 넘게 걸릴 것 같다 했습니다."

서윤이 인상을 찌푸렸다. 불산에 들러 적들과 싸움을 벌인 뒤 다시 북상하기에는 시간적으로 너무 애매했다.

'그 뜻이었나?'

서윤은 목적을 이뤘다는 마교주의 말을 떠올렸다. 만약 궁마존과 일대일로 싸움을 했다면 어떤 식으로든 더 **빠른** 결론이 났을 것이다.

하지만 궁마존도 살았고 자신도 살았으며 시간도 더 지체되었다.

만약 궁마존이 이곳 광동성에 들어와 있는 적진에 합류한다면 소림으로 갈 시간 자체가 없을 수 있었다.

"황보가나 팽가에서 지원은 어렵습니까?"

"사천 쪽 상황이 좋지 않은 모양입니다. 황보가가 팽가와 합류한 것이 이미 사천에 넘어간 상황인데 **빠져나오기**가 쉽지 않은 듯합니다."

서윤이 인상을 찌푸렸다. 상황은 최악으로 치닫고 있었다. 황보가와 팽가는 도움을 줄 수 없는 상황이며 남궁가는 곤륜으로 가고 있었다.

화산과 종남의 멸문, 공동파의 멸문에 가까운 궤멸. 그리고 무엇보다 사천 무림의 흑화가 결정적이었다.

선택을 해야 할 시기였지만 쉽게 결정하기가 어려웠다.

'어찌해야 한단 말인가.'

이곳을 의협대와 개방에 맡기고 무림맹으로 가자니 궁마존의 존재가 마음에 걸렸다.

"일단 알겠습니다."

"어떻게 하실 생각이십니까?"

"전……."

잠시 대답을 망설이던 서윤이 어느 한쪽을 바라보며 말했다.

"불산으로 갑니다."

"알겠습니다."

"불산이 이쪽이 맞습니까?"

"예. 말씀하신 방향으로 관도를 따라 쭉 가다 보면 관도가 나뉘는 갈림길이 나오는데 거기서 오른쪽으로 꺾어지면 됩니다."

"고맙습니다."

서윤의 인상에 개방도가 옅은 미소를 지으며 고개를 숙였다.

개방도의 인사를 받은 서윤은 그 자리에서 곧장 사라졌다. 개방도가 눈 한 번 깜빡하자 모습이 제대로 보이지 않을 정도로 멀어진 상태였다.

"빠르군."

그렇게 중얼거리는 개방도의 모습이 조금 이상해 보였

다. 이목구비가 흐릿해지는 것 같더니 곧 전혀 다른 얼굴로
바뀌었다.

"이 누더기는 이제 그만 입었으면 좋겠는데."

전혀 다른 사람이 된 그가 인상을 찌푸리고는 입고 있는
옷을 내려다보았다.

그러더니 품에서 간이 지필묵을 꺼내고는 무언가를 적었
다.

"삐익!"

그가 휘파람을 부니 얼마 지나지 않아 전서구 한 마리가
날아왔다.

"자… 얼른 가서 기쁜 소식을 전하려무나."

그렇게 중얼거리며 전서구의 다리에 쪽지를 묶은 그가
힘차게 전서구를 하늘로 날려 보냈다.

푸드득!

전서구가 하늘로 날아올랐다. 그리고 제법 높은 곳으로
올라갔다는 생각이 든 그 순간, 한 줄기 강한 바람이 불어
왔다.

눈을 제대로 뜨기 어려울 정도의 강풍이 지나가고 그가
다시 눈을 떠 하늘을 바라보았다. 전서구의 모습이 보이지
않는 것을 보니 이미 멀리 날아간 듯했다.

"그럴 줄 알았지."

갑자기 들려온 목소리가 사내는 흠칫 놀라며 고개를 돌렸다. 그 자리에는 서윤이 서 있었고 그의 손에는 전서구가 들려 있었다.

사내의 눈동자가 흔들렸다. 제대로 속였다고 생각했는데 아니었던 것이다.

"서윤, 불산으로. 계획대로 진행."

서윤이 전서구 다리에 묶여 있던 쪽지를 풀어 읽었다. 그러고는 무심한 눈빛으로 사내를 바라보았다.

"계획이라는 게 뭐지?"

"들을 수 있을 것 같나?"

"말하도록 만들어야지."

그렇게 말하는 서윤의 신형이 흐릿해지는가 싶더니 순식간에 사내의 앞에 나타나 손으로 그의 양 볼을 손으로 꽉 쥐었다.

자연스레 사내의 입이 벌어졌고, 서윤은 그 안으로 손가락을 집어넣었다.

"이런 건 미리 제거해 두고."

서윤이 그의 입에서 독단을 꺼내 아무렇게나 던져 버렸다. 그러자 사내의 눈에 낭패감이 스쳐 지나갔다.

서윤은 사내의 얼굴을 놔주었다.

"말하는 게 좋을 거야. 독단이 없다고 혀를 깨물 생각이라면 버리는 게 좋아. 네가 혀를 깨무는 속도보다 내가 더 빠를 테니까."

서윤의 말대로였다. 방금 전 자신에게 다가온 속도만 보더라도 그가 얼마나 빠른지 알 수 있었다.

도망친다?

열 걸음도 못 가 붙잡힐 것이 분명했다.

도망칠 수도 없고 죽을 수도 없는 상황이다. 그렇다면 할 수 있는 건 한 가지. 서윤의 질문에 답을 하는 것뿐이었다.

사내의 눈동자가 흔들렸다. 서윤은 그런 그를 빤히 바라보고 있었다.

"이제 털어 놓는 게 좋을 거야. 계획이라는 게 뭐지?"

"분산, 그리고 함락."

상대가 짧게 말했다. 그에 서윤은 인상을 찌푸렸다.

"좀 더 자세히 말해봐."

"이 이상은 절대 말 못 한다!"

사내의 말에 서윤이 비릿한 미소를 지었다.

"분산이라는 건 정도 무림을 분산시킨 뒤 무림맹을 함락시키겠다는 건가?"

사내는 아무런 말도 하지 않았다. 무언의 긍정이었다.

"후후. 마교주까지 나타나 시간을 끌고 이렇게 붙잡아둘 정도로 내 존재가 큰 줄 몰랐는데."

그렇게 중얼거린 서윤이 입가에 지은 미소를 순식간에 지운 채 사내를 노려보며 말했다.

"가라."

서윤의 말에 사내는 믿을 수 없다는 듯 눈을 부릅뜨고 서윤을 쳐다보았다.

"가라고."

"어째서!"

"여기서 당신 하나 죽인다고 달라질 건 없으니까. 그리고… 가서 전해."

서윤의 말에 사내가 무슨 말이냐는 듯 의아한 표정을 지었다.

"내가 곧 죽이러 가겠다고."

그렇게 말하는 서윤의 몸에서 은은한 살기가 뿜어져 나오기 시작했다. 그에 앞에 있는 사내는 견디기 힘든 듯 얼굴이 창백하게 질려갔다.

"그러니 어서 가."

서윤의 말이 끝나기가 무섭게 사내가 쏜살같이 달려갔다. 그가 멀어지는 것을 잠시 보고 있던 서윤은 곧장 몸을 돌려 불산 쪽으로 향했다.

호남성 쪽 상황이 급하다고는 하지만 소림과 무당, 무림맹이 힘을 합치면 버틸 수 있을 것이라는 판단이었다.

우선은 가까운 곳에 있는 불산으로 이동하는 것이 순리였다.

서윤은 보이지 않을 속도로 불산을 향해 달렸다.

2장
재회(再會)

風神 徐潤

풍신서윤

　불산으로 향하는 의협대와 개방도들의 표정은 생각보다 어둡지 않았다.

　아직까지 적들과 마주치지 않은 것도 있지만 그만큼 전력에 자신이 있던 까닭이었다.

　하지만 그럼에도 한 가지 불안한 점이 있었으니 궁마존을 상대하기 위해 떠난 서윤의 소식이 들려오지 않은 까닭이었다.

　지금이면 어떤 식으로든 결판이 났을 것이고 그렇다면 소식이 들려왔어야 한다고 생각했기 때문이었다.

하지만 개방도들에게 물어봐도 따로 접한 소식이 없다
하니 조금은 걱정이 되었다. 그러면서도 서윤이라면 이기고
돌아올 것이라는 믿음도 있었다.

걱정과 믿음이 공존하는 심정을 안은 채 불산으로 향하
고 있는 그들이었다.

"이제 곧 불산입니다."

길을 안내하는 개방도의 말에 의협대원들의 표정이 바뀌
었다. 조금은 긴장한 것처럼 보이기도 했고 예전에 와본 곳
이라 감회에 젖기도 했다.

어쨌든 불산은 곧 큰 일이 벌어질 곳.

대원들은 감회는 잠시 접어두고 긴장감을 세운 상태로
발걸음을 옮겼다.

그들이 불산에 도착한 것은 반나절이 지난 후였다.

의협대와 개방도가 온다는 소식을 미리 접한 대륙상단
불산 지부의 황노가 그들을 마중하기 위해 나와 있었다.

"오셨군요!"

주름과 흰 머리가 늘긴 했지만 여전한 모습의 황노가 대
원들과 개방도를 맞이했다.

황노와 안면이 있는 대원들은 반가워하는 표정으로 그에
게 고개를 숙이며 인사를 건넸다.

대원들과 인사를 나누며 황노는 계속 누군가를 찾는 것 같았다. 그것을 본 천보가 황노에게 말했다.

"설 소저와 서윤 대주님은 오지 않으셨습니다."

"아, 그렇습니까? 혹시……."

조금 걱정하는 표정으로 묻는 황노를 안심시키기 위해 천보는 미소를 지으며 말했다.

"설 소저는 무림맹에 있습니다. 대주님은… 처리할 일이 있으셔서 조금 늦으실 겁니다."

"그렇군요. 다행입니다."

황노가 그제야 환한 미소를 지으며 대답하고는 다른 사람들을 챙기기 시작했다.

황노가 돌아서자 천보의 표정이 살짝 어두워졌다.

서윤이 곧 올 거라고 말하기는 했으나 아직까지 어떻게 될지 알 수 없었기 때문이었다.

'무사히 뵐 수 있었으면 좋겠습니다. 대주님.'

의협대와 개방도들은 대륙상단이 마련해 준 거처에 나눠 자리를 잡았다. 그러는 사이 개방 책임자는 불산의 세 문파인 신월파와 영문파, 장홍파를 돌아다니며 앞으로 있을 일에 대한 대비와 협조를 부탁했다.

의협대원들은 모처럼의 휴식을 헛되이 쓰지 않기 위해

틈틈이 운기를 하며 내력을 갈무리했다. 또한, 흘러가는 대화가 아닌 무공에 대한 이야기를 나누며 조금이라도 실력을 높이기 위해 노력했다.

물론, 며칠 운기하고 대화한다 하여 무공이 비약적으로 발전하는 건 아니겠지만 그런 것들이 쌓이고 쌓여야 깨달음을 얻고 실력을 높일 기회를 잡게 된다는 걸 잘 알고 있는 대원들이었다.

그러면서도 대원들은 아직까지 들려오지 않는 서윤의 소식을 궁금해했다. 너무 닦달하는 것 같아 개방도들을 붙들고 캐묻거나 하지는 않았으나 개방도들과 마주칠 때마다 혹시나 서윤의 소식을 들을 수 있지는 않을까 하여 계속 슬쩍슬쩍 쳐다보았다.

하지만 아쉽게도 대원들이 원하는 서윤의 소식은 한 마디도 들을 수가 없었다. 그런 대원들의 마음을 아는지 개방도들 역시 대원들과 마주칠 때면 괜히 미안해하는 표정을 짓곤 했다.

아쉽고 안타까운 건 어쩔 수 없었지만 지금은 계속 그런 식의 감정에 휩싸여 있을 수만은 없었다.

서윤이 없더라도 곧 있을 싸움에 대비해야만 했다.

곧 돌아올 거라 믿으며.

*　　　　*　　　　*

　대원들이 그렇게 소식을 기다리는 서윤은 지금 쫓기고 있었다. 불산으로 향하는 도중 적들과 마주쳤을 때에는 조금 당황스러웠으나 지금은 그들을 유인하고 최대한 숫자를 줄여 놔야겠다는 생각이 들었다.

　지금도 마음만 먹으면 적들을 따돌리고 도망치는 것은 식은 죽 먹기였다.

　하지만 서윤은 그들이 따라 붙을 수 있을 정도의 적당한 속도로 달리며 그들을 유인하고 있었다.

　파파파팟!

　서윤의 다리가 빠르게 움직이고 있었고 허리춤까지 자란 기다란 수풀 사이를 빠르게 달리고 있었다.

　스스스스슷!

　서윤의 주변으로 수풀이 일렁이는 소리가 들렸다.

　바람에 흔들리며 나는 소리인지 아니면 그 속에 누군가가 있어서 나는 소리인지는 정확하지 않았다.

　쉬쉬쉬쉭!

　달려가던 서윤이 자리에서 멈춰 서고는 수풀 사이사이에서 뛰어나온 적들을 바라보며 기운을 끌어 올렸다.

　우우웅! 팍!

서윤을 중심으로 주변 공기가 꿀렁이는가 싶더니 서윤이 가볍게 주먹을 휘둘렀다.

"끄아악!"

그와 함께 서윤의 주변에서 꿀렁이며 뭉쳐 있던 기운이 사방으로 폭사 되었고 날아올라 서윤을 덮쳐가던 적들을 모조리 날려 보냈다.

그와 동시에 서윤은 다시 신형을 날렸다.

하지만 얼마 가지 않아 적들이 다시 나타났다. 그뿐만 아니라 어느새 서윤 주변을 적들이 둘러싸고 있었다.

제법 일사불란하게 움직이는 것이 오합지졸들은 아닌 것 같았다.

서윤이 눈을 빛냈다.

그러자 신형이 흐릿해지더니 가장 가까운 곳에 있던 적 한 명의 앞에 모습을 드러냈다.

"헛!"

갑자기 불쑥 나타난 서윤의 모습에 깜짝 놀라 헛바람을 들이켠 적은 그 순간 앞쪽에서 느껴지는 강한 힘에 밀려 그 자신의 의지와는 상관없이 뒤쪽으로 강하게 밀려났다.

서윤은 적을 가격하지 않았다.

다만 기운을 끌어 올려 주먹에 몰아 놓고 적과 주먹 사이의 공간을 밀었을 뿐이었다.

이는 독특한 방법이었는데 풍절비룡권의 묘리를 이용해 주변의 공기를 붙잡아 두었다가 주먹과 적 사이의 공간이 팽창할 대로 팽창하면 그제야 붙잡아 두었던 공기를 풀어 버리는 것이었다.

직접적인 살상력이 있는 것은 아니었으나 자신을 둘러싼 적들을 밀어내고 내력의 소모를 최소화 하는 데에는 엄청난 효과를 발휘하고 있었다.

그러한 묘리에 의해 강하게 뒤로 밀려난 적은 동료들이 들고 있던 검에 의해 목숨을 잃고 말았다.

갑작스럽게 빠른 속도로 동료가 뒤쪽으로 밀려오자 제때 검을 치우지 못해 찌르고 만 것이다.

서윤은 적들 사이를 종횡무진 움직이고 있었다.

수풀이 허리춤까지 길게 자라 있다고는 하지만 그것은 서윤의 움직임에 조금의 방해도 되지 않았다.

오히려 서윤을 쫓은 적들이 움직이는 데 있어 상당한 불편함을 느끼고 있었다.

서윤은 그런 점을 십분 활용했다.

빠르게 적들에게 접근해 제대로 반격하기 전에 선공을 취했고, 덕분에 큰 위기 없이 적들을 밀어낼 수 있었다.

하지만 그럼에도 적들은 서윤을 향해 끊임없이 달려들었다. 이곳까지 오는 동안 이어진 승전보 덕분에 기세가 오를

대로 오른 탓이다. 게다가 말로만 듣던 서윤이 앞에 있으니 그를 잡으면 공을 세울 수 있다는 탐욕 때문이기도 했다.

실제로 상대해 보니 직접적인 타격도 없고 듣던 것만큼의 위력을 보이지 않으니 더욱 자신감을 가지고 달려드는 것이었다.

서윤에게는 좋을 것이 없는 일이겠지만 그것은 어느 정도 의도한 부분이었다.

적들이 자신에게 계속해서 달려들도록 만들어야만 했다.

그렇지 않고 자신에게 겁을 먹어 물러서기만 한다면 적들을 유인해 최대한 숫자를 줄이겠다는 원래의 목적을 이루지 못할 수밖에 없었다.

슥! 쾅!

서윤이 다시금 적 한 명을 강하게 밀어냈다.

역시나 서윤에게 당한 적은 제대로 손 쓸 새도 없이 빠르고 강하게 밀려났다.

팟!

서윤이 땅을 박찼다. 이번에는 다른 적을 향해 달려드는 것이 아니라 밀려난 적을 향해 달려들었다.

쾅!

서윤이 밀려나는 적을 향해 강하게 주먹을 휘둘렀다.

그러자 서윤의 주먹에 맞은 적이 더욱 강하게 튕겨 나

갔다.

단순히 밀려나는 것만으로도 그 뒤쪽에 있던 적들은 제대로 받아낼 수 없을 텐데 거기에 또 한 번의 가격으로 가속이 붙었으니 더욱더 받아내기에는 어려웠다.

그러자 적들이 동료를 받아낼 엄두를 내지 못하고 좌우로 갈라졌다.

텅! 텅! 터텅! 터터텅!

마치 물 위에 튕겨지는 돌처럼 서윤의 주먹에 맞은 적이 바닥을 나뒹굴었다.

그러자 서윤의 앞에 적들이 좌우로 갈라지며 만들어 놓은 길이 훤히 드러났고, 서윤은 지체하지 않고 그쪽으로 치달렸다.

팟!

서윤이 달려오는 것을 보고 다시 포위망을 좁히려 하였으나 서윤이 조금 더 빨랐다.

포위망을 좁히며 서윤에게 검을 찔렀으나 야속하게도 검은 서윤의 옷깃도 스치지 못했다.

포위망을 빠져나온 서윤은 멈춰 서서 뒤쪽을 돌아보았다.

지나간 자신을 잡기 위해 몸을 돌려 달려오는 적들의 모습이 눈에 들어왔고 서윤은 진기를 끌어 올렸다.

"모두 피해라!"

서윤의 주먹으로 모여드는 기운이 범상치 않음을 느낀 누군가가 소리쳤다.

하지만 그러기에는 너무 늦었다.

크와아아아앙!

서윤의 주먹에서 광풍난무의 초식이 펼쳐졌고, 푸르스름한 강기가 맹렬한 기세로 앞쪽을 향해 쏘아져 나갔다.

"크아악!"

고통에 찬 비명 소리가 난무했고 강기에 휩쓸린 적들은 그 시신을 제대로 확인할 수 없을 정도로 처참하게 부서졌다.

강기에 비껴 맞은 일부 적들은 신체 일부가 찢겨 나가며 잘린 풀 조각과 함께 허공에 나부꼈다.

초식을 펼친 서윤이 자세를 바로하고 적들을 바라보았다.

그들 사이에 약간의 공포감이 엄습하는 것을 느끼고는 옅은 미소를 지은 서윤은 몸을 돌렸다.

그러고는 너무 빠르지도, 그렇다고 느리지도 않은 속도로 쏘아져 나갔다.

"쫓아라!"

멀어지는 서윤을 쫓으라는 명령이 떨어졌고 적들은 일제

히 서윤의 뒤를 쫓기 시작했다.

하지만 뒤를 쫓는 그들의 속도는 처음보다 많이 느려져 있었다.

*   *   *

이곳 불산까지 함께 온 개방 책임자가 천보를 찾았다.

다급한 표정이었지만 언뜻 얼굴 표정에서 환한 기색을 읽을 수 있었다.

"의협대주님의 소식입니다!"

"오오! 무사하시답니까?"

"예. 무사하시다고 합니다. 현재 불산에서 멀지 않은 곳에 계시는 것으로 파악되었습니다."

개방도의 말에 천보는 안도하면서도 의아해하는 표정을 지었다. 왜 불산에 오지 않고 멀지 않은 곳에 있단 말인가.

"혹시 무슨 일이라도 있으신 건 아닙니까?"

"이곳 불산으로 오는 길에 적들과 마주하신 것으로 보입니다. 그래도 일신상의 문제는 없는 것으로 파악되었고 개방도 일부가 그곳으로 향했다고 합니다."

"알겠습니다. 저희도 곧장 그쪽으로 가겠습니다."

"예. 저희 개방도 출발 준비를 마치는 대로 함께할 생각입니다."

"알겠습니다."

책임자를 향해 합장을 한 천보는 곧장 대원들이 있는 곳
으로 발걸음을 옮겼다.

천보의 소집으로 한 자리에 모인 대원들은 서윤이 무사
하다는 소식에 하나같이 안도의 한숨을 쉬었다.

"대주님께서 현재 불산 가까운 곳에서 적들과 마주친 모
양입니다. 홀로 그 많은 적을 상대하고 계십니다. 우리도
서둘러 그곳으로 가야 할 듯합니다. 그러니 서둘러 채비하
고 다시 모여주십시오."

천보의 말에 대원들이 황급히 자리를 옮겼다. 간단한 전
투 채비만 한 채 다시 모인 대원들은 불산을 떠나기 위해
거처인 대륙상단을 나섰다.

상단을 나와 얼마 걸어가자 한 무리의 사람들이 모여 있
었다. 개방도는 아니었는데 다름 아닌 신월파와 영문파, 장
홍파의 사람들이었다. 마치 떠나려는 의협대를 기다리고
있는 것 같았다.

의협대가 다가오자 신월파의 장문인인 유대호가 그들 앞
으로 나섰다.

"신월파 장문인인 유대호입니다. 의협대 분들이 맞으십

니까?"

"그렇습니다. 의협대의 부대주를 맡고 있는 소림의 천보입니다."

천보가 앞으로 나서서는 합장을 하며 말했다.

"그러시군요. 지금 서윤 대협이 있는 곳으로 가는 게 맞으십니까?"

"그렇습니다. 대주님께서 멀지 않은 곳에서 홀로 적들과 싸우고 계시다는 전갈을 들었습니다."

"저희도 들었습니다. 과거 이곳에 오셨을 때 대주님께서 저희 신월파에 들리셨었지요. 그때 도움을 받고자 오셨지만 저희가 많은 도움을 받았습니다. 그 도움이 신월파뿐만 아니라 영문파, 장홍파에도 좋은 영향을 끼쳤습니다. 큰 은혜를 입었는데 어찌 갚아야 할지 고민하던 찰나인데 이런 기회가 닿아 함께 가려 합니다."

유대호의 말에 천보는 환한 미소를 지었다.

"감사합니다. 일단 가시지요. 한시가 급합니다."

"그러지요. 이곳 지리는 저희가 더 잘 아니 앞장서겠습니다."

"알겠습니다."

천보의 말에 고개를 끄덕인 유대호가 신월파와 영문파, 장홍파의 장문인들과 함께 문도들을 이끌고 앞장섰다. 그 뒤를 의협대원들이 든든한 마음으로 따랐다.

* * *

풀이 울창한 곳을 벗어나 나무가 많은 숲으로 들어선 서윤은 유심히 주변을 살피고 있었다.

적들의 모습은 보이지 않았지만 기운은 그대로였다. 아무래도 서윤의 움직임을 살피며 적절한 기회를 엿보는 듯했다.

그만큼 신중해졌다는 뜻. 하지만 서윤은 전혀 개의치 않았다.

'안 오면 내가 가야지.'

속으로 그렇게 중얼거린 서윤이 크게 숨을 들이마셨다.

팟!

서윤이 순간적으로 사라졌다.

그러자 몸을 숨기고 있던 적들 몇 명이 서윤을 찾기 위해 모습을 드러냈다. 그리고 그것은 실수였다.

픽!

강하게 몰아친 바람과 함께 모습을 드러낸 적 한 명의 머리가 그대로 터져 나갔다.

서윤이 빠른 속도로 지나가며 주먹을 뻗은 것이다.

보이지 않는 속도로 적을 쓰러뜨린 서윤의 모습은 여전히 보이지 않았다.

그렇게 되자 모습을 드러냈던 적들이 다시금 몸을 감추었다. 하지만 이미 그들의 위치는 노출이 된 상태였다.

퍽! 퍽! 퍽!

서윤의 주먹질 소리가 연이어 들렸다. 소리가 들린 위치는 서로 다른 곳이었는데 거의 동시에 들렸다.

풀썩!

세 명의 적이 거의 동시에 허물어졌다.

공간을 뛰어 넘는 것 같은 서윤의 속도에 근처에 은폐하고 있는 적들은 차마 모습을 드러낼 생각을 하지 못했다.

서윤은 적들을 사냥하는 맹수였다.

그리고 몸을 숨기고 있는 적들은 사냥 당할까 두려워 벌벌 떨고 있는 초식 동물에 불과했다.

강한 포식자를 마주한 그들이 할 수 있는 거라고는 몸을 숨기는 것뿐이었다.

이곳으로 자리를 옮기기 직전 서윤이 보인 한 수가 유효했다.

그전까지 강하지 않은 공격을 통해 해볼 만하다는 인식을 심어주었다면 그 한 수는 쓰러뜨리지 못할 것 같다는 인식을 심어주었다.

아주 작은 공포가 생긴 것이다.

거기에 이곳에 들어선 후 서윤이 공세로 전환하면서 그 기세가 모습을 감추고 있는 적들에게 고스란히 전해졌고, 그것은 마음속에 자리 잡고 있던 작은 공포의 크기를 더욱 키웠다.

공포가 커지자 몸을 움직일 수가 없게 되었고, 서윤이 다가와도 제대로 된 방비를 할 수가 없었던 것이다.

물론, 서윤의 속도를 그들이 따라가지 못한 것도 있었다.

서윤이 사냥을 시작하자 문주들이 본격적으로 움직이기 시작했다.

피해가 더 커지기 전에 막아야 된다는 생각 때문이었다.

그들 역시도 서윤의 마지막 한 수를 똑똑히 보았지만 문주라는 자리에 앉아 있기 때문인지 자신들이 힘을 합치면 충분히 막을 수 있다고 생각하고 있었다.

하지만 그들도 서윤의 움직임을 따라가기 어려운 건 마찬가지였다.

문도들처럼 대응하지 못할 정도는 아니었으나 눈으로 쫓기 어려운 속도인 것은 분명했다.

쫓기 어렵다면 다가오게 만들어야 하는 법.

문주들은 서윤이 자신들에게 다가올 수 있도록 일부러 모습을 드러냈다.

서윤 입장에서는 마다할 이유가 없었고 곧장 그들을 향해 달려들었다.

문주들은 서윤이 다가오는 것을 느꼈다.

그리고 눈 한 번 깜빡였을 뿐인데 바로 앞에까지 다가와 기운을 끌어 올리고 있는 서윤을 발견했다.

문주들은 호락호락 당하지 않겠다는 듯 일제히 검을 휘둘렀다.

비록 경쟁 관계에 있고 서로 보기만 하면 으르렁거리는 사이이긴 하지만 지금 이 순간만큼은 최상의 호흡을 보여주고 있었다.

서윤으로서도 그들의 공격을 무시하고 공격을 감행하기에는 위험부담이 너무 컸다.

스슥!

서윤이 빠르게 뒤쪽으로 물러섰다.

거리상으로는 세 걸음 정도 물러선 것에 불과했지만 문주들의 공격을 모두 무위로 돌리는 절묘한 움직임이었다.

자신들의 공격이 무위로 돌아갔음에도 문주들은 당황하지 않았다. 서윤이 충분히 피할 것이라 예측 가능했던 것이다.

서윤이 공격을 피한 뒤 문주들은 곧장 후속 공격을 이어갔다.

틈을 주지 않는 협공은 절묘했고 위력적이었다.

서윤으로서도 무작정 속도로만 밀고 들어갈 수 없는 공격이었다.

서윤은 침착하게 그들의 공격을 피하며 관찰해 나갔다.

생소한 무공이었기에 그들의 무공이 어떤 특징을 가지고 있는지 먼저 파악해야 그에 맞는 대처를 할 수 있기 때문이었다.

스슥. 스슥. 스슥.

서윤의 다리가 분주하게 움직였다.

시선은 그들의 공격에 고정되어 있었고 눈으로 봄과 동시에 다리는 움직였다.

그것이 거의 동시에 이뤄지다 보니 문주들의 펼치는 공격이 서윤에게 닿기란 불가능에 가까웠다.

그러나 문주들의 표정에서 당혹스러움은 찾아볼 수가 없었다.

서윤이 자신들의 공격을 피하는 것 외에 더 이상 할 수 있는 게 없다는 것을 느낀 탓이었다.

문주들의 공격이 더욱 빨라지고 위력적으로 변했다.

어지럽게 찔러 들어오는 공격에 서윤의 표정은 더욱 딱딱하게 굳어갔고 그것을 막아 가는 주먹과 피하려는 다리는 더욱 분주해질 수밖에 없었다.

쾅!

서윤의 주먹이 찔러오는 검 하나를 막았다.

그 검이 강하게 튕겨 나가며 빈틈이 생겼지만 곧장 다른 검이 그곳을 채웠다.

틈을 만들고 파고들어야 하는 서윤 입장에서는 아쉬움에 입맛을 다시게 되는 상황이었다.

슈슈슈슉!

문주들의 검이 서윤의 미간과 목, 그리고 팔과 다리를 노리고 각각 찔러 들어왔다.

서윤은 자세를 낮춰 미간과 목을 찔러오는 공격을 피해냈다. 그러고는 앞으로 나아감과 동시에 몸을 비틀어 팔을 노린 공격도 피해냈다.

천천히 순차적으로 펼쳐진 움직임 같겠지만 이는 거의 동시에 이뤄진 움직임이었다.

간결한 움직임으로 세 개의 공격을 무위로 돌린 서윤의 다리 언저리에 검 하나가 다가와 있었다.

이대로라면 허벅지를 꿰뚫릴 상황.

그렇게 되면 서윤이 자랑하는 속도를 내세울 수 없게 되는 최악의 상황이 발생할 수 있었다.

하지만 이번에도 서윤은 절묘한 움직임을 보였다.

검끝이 허벅지를 찌르려는 찰나, 앞에 내디뎠던 반대편

발끝에 힘을 주어 뒤쪽으로 신형을 띄웠다.

후퇴로 인해 만들어진 공간.

서윤은 스스로 만든 공간에서 순간적으로 최대한의 가속을 했다.

슉!

빠르게 쏘아져 나가는 서윤.

거리를 벌렸으니 찔러오던 검은 피하기가 더욱 수월했고 피함과 동시에 앞으로 나아가며 문주들을 압박했다.

거대한 기운을 가진 서윤이 빠르게 다가오자 문주들이 느끼는 압력은 상당했다.

콰콰쾅!

서윤은 문주들이 채 검을 제대로 회수하기 전에 주먹을 뻗었다.

몇몇은 황급히 검집으로 주먹을 막으려 했으나 지근거리에서 뻗어 나오는 서윤의 공격을 제대로 막기란 불가능했다.

"커헉!"

문주들이 고통에 찬 숨을 토해내며 뒤쪽으로 밀렸다.

서윤은 이 기회를 놓치지 않으려는 듯 더욱 앞쪽으로 밀고 나가며 압박을 가했다.

하지만 그것도 잠시, 서윤은 다시 뒤로 물러설 수밖에 없었다.

힘껏 땅을 박차고 뒤로 물러난 서윤은 앞쪽으로 강하게 주먹을 뻗었다.

쾅!

허공에서 기운이 폭발했다.

그에 문주들은 서윤을 보는 것이 아니라 뒤쪽을 돌아보았다.

"상대가 되지 않을 거라 했거늘. 만용은 죽음을 재촉하느니라."

천천히 걸어오는 이는 궁마존이었다.

그를 본 문주들의 표정은 환해졌고 서윤의 표정은 딱딱하게 굳었다.

궁마존이 마음에 들지 않는 문주들이었지만 지금 이 순간 그의 등장을 반기지 않을 이유가 하나도 없었다.

반대로 서윤은 궁마존의 등장이 달갑지 않았다.

지금까지 그들을 유인하고 이 상황까지 만들 수 있었던 것은 궁마존이 없기에 가능한 것이었다.

그 한 명 상대하는 것도 벅찬데 많은 수의 적까지 있으니 순식간에 전세가 뒤바뀌고 말았다.

"조금 늦었더니 아주 난장판을 만들어 놨구나. 이쯤 되면 능력을 인정하지 않을 수가 없겠어."

"당신이 인정해 준다고 해도 별로 달갑지 않아."

"흘흘. 여기 있는 애들이 들으면 어처구니없어 할 말이로구나."

"그러든지 말든지."

서윤의 말에 궁마존이 입가에 미소를 지었다.

"너희는 원래 계획대로 움직여라. 괜히 여기에 있다가 휩쓸리면 그것이야말로 개죽음이다."

궁마존의 말에 서윤과 그를 번갈아 바라보던 문주들은 슬금슬금 자리를 피했다. 궁마존의 말처럼 여기에 있는 건 결코 좋은 일이 아니었다.

서윤은 그들이 문도들을 데리고 이곳을 벗어나는 걸 지켜볼 수밖에 없었다.

"자, 그럼 못다 한 일을 마무리 지어보자꾸나."

"후······."

궁마존의 말에 서윤은 깊은 한숨을 쉬며 기운을 끌어올렸다.

3장
호남행

風神 徐潤

풍신서윤

　의협대와 개방, 그리고 불산의 세 문파 연합은 서윤이 있는 곳으로 빠르게 향하고 있었다.

　아무리 서윤이 강하다고 하나 많은 수의 적을 홀로 감당할 수는 없는 일이었다.

　시간이 흐를수록 버거워질 것이고 위험해질 것이라는 걸 잘 알기에 속도를 높이는 그들의 표정에서 조급함이 보였다.

　반대로 불산의 세 문파, 특히나 신월파 장문인인 유대호의 경우에는 조급함과 함께 기대감이 공존하고 있었다.

예전에 보았던 서윤은 강하기는 했지만 성장하는 단계에 있었다. 아직 성장할 여지가 훨씬 많았고 그만큼 치열하게 고민하고 있었다.

소문을 듣기는 했지만 얼마만큼 성장했는지 눈으로 직접 보고 싶은 마음이 컸다.

불산을 떠나 나아가던 그들의 속도가 줄어들었다.

앞쪽에서 빠르게 다가오는 적들이 보였기 때문이었다. 하지만 그들 사이에 서윤은 없었다.

서윤은 나타나지 않고 적들의 모습만 보이자 걱정이 되었지만 일단 지금은 적을 처치하는 것이 우선이었다.

적들도 이들을 발견했는지 기세를 올리며 달려왔다.

서윤을 상대할 때에는 그럴 수가 없었지만 그가 없는 이상 적들 입장에서는 거칠 것이 없었다.

서윤을 만나기 전까지 파죽지세로 밀고 오던 기세가 단한 번의 싸움으로 사라질 리는 없었다.

그리 넓지 않은 관도에서의 마주침.

그들의 맹렬한 기세에 관도를 걷던 사람들은 기겁을 하며 사방으로 도망쳤다.

거리는 빠르게 좁혀졌고 적들의 흉흉한 기세는 더욱 거세졌다.

적들을 맞아 선두에 선 이는 유대호였다.

불산의 세 문파는 수평적 관계를 유지해 오고 있었으나 결정적일 때에 가장 앞에 나서서 무리를 이끄는 이는 항상 신월파의 유대호였다.

성격이 강하고 추진력이 있기 때문이기도 했지만 특유의 기도 때문이기도 했다.

지금도 유대호는 뒤로 빠지기보다는 더욱 속도를 높여 치고 나갔다. 어느새 뽑은 그의 검은 날카로운 예기를 뿜어내고 있었다.

까가가강!

유대호의 검이 코앞까지 다가온 적들의 검을 빠르게 쓸어갔다. 날카로운 금속음이 울렸고 그것이 신호가 되어 적과 아군이 한데 뒤엉켰다.

충돌의 여파는 컸다. 순식간에 사방에서 비명 소리가 들렸고 피가 튀었다.

뒤쪽에서 적아가 우르르 몰려든 탓에 쓰러져 밟히는 자들도 속출했다. 무엇보다 넓게 퍼진 공간이 아니라 좁은 관도 위에서의 싸움이기에 더욱 그랬다.

단연 돋보이는 활약을 펼치는 이는 불산 세 문파의 장문인들이었다.

그간 보이지 않았던, 혹은 보이지 못했던 무위를 마음껏 토해내고 있었다.

적의 고수들이 앞쪽으로 나서기 시작한 것이 그때부터였다. 그러자 아군에게 조금 유리한 쪽으로 흘러가던 전세가 비등해졌다.

말 그대로 치열한 싸움.

흘러내린 피에 관도는 붉게 물들었고 땅보다 시체를 밟기가 더욱 쉬울 정도가 되어 가고 있었다.

너무 많은 양의 피가 사방을 적시다 보니 냄새만으로도 머리가 다 아플 지경이었다.

하지만 누구 한 명도 물러섬 없이 적과 싸우고 있었다.

의협대도 힘을 냈다.

한 명을 쓰러뜨리고 고개를 돌려 보면 또 다른 적이 있는 정신없는 상황이었지만 모두가 최상의 집중력을 유지하고 있었다.

서윤도, 설시연도 없는 상황이지만 의협대는 결코 약하지 않았다. 워낙 서윤과 설시연의 실력이 상당해 가려져 있었기에 크게 느껴지지 않았지만 천보를 비롯해 대원들의 실력은 그간 많이 성장해 있는 상태였다.

두 사람이 없는 지금 상황이 되니 그간 가려져 있던 그들의 실력이 제대로 빛을 보고 있었다.

대원들의 호흡은 환상적이었다.

위험한 상황이 없지는 않았으나 하나로 똘똘 뭉친 그들

은 견고한 하나의 성채와 같았다.

적들의 공격은 대원들에게 치명상을 입힐 수 없었지만 대원들의 공격은 적들에게 치명적이었다.

뒤를 의협대가 단단히 받치며 앞으로 나아가다 보니 팽팽하던 전세가 다시금 아군·쪽으로 조금씩 기울기 시작했다.

아직 불산 세 문파의 장문인들이 적들의 고수에 붙잡혀 있었으나 다른 부분에서는 확실히 기세가 오르고 있었다.

뒤쪽을 받치던 의협대가 조금씩 앞쪽으로 나오기 시작했다. 그러자 앞쪽에서 고전하던 아군들에게 여유가 조금씩 생기기 시작했다.

반대로 적들은 밀고 나오는 의협대의 기세를 제대로 받아내지 못하고 조금씩 뒤로 물러서고 있었다.

하지만 그것도 잠시.

마주친 적들 외에 흩어져 다른 경로로 진격하던 적들이 추가로 나타났다.

수적으로 밀리는 상황.

계속해서 오르던 아군의 기세도 떨어지기 시작했고 그에 맞춰 조금씩 밀리는 형국이 되었다.

그나마 한순간에 확 기울지 않은 것은 의협대의 고군분투가 있었기에 가능한 일이었다.

천보의 회색 장삼은 어느새 검붉은색으로 변해 있었다.

사방에서 튀는 피를 고스란히 맞은 듯 옷뿐만 아니라 얼굴도 피로 잔뜩 얼룩져 있었다.

대원들과 함께 적들을 상대하던 천보의 눈에 멀리서 빠르게 달려오는 적들의 모습이 보였다.

이보다 적들이 많아진다면 위험해질 수 있는 상황.

어떻게 해서든 그들의 합류를 막고 힘을 분산시켜 놔야만 했다.

하지만 닥치는 대로 적을 쓰러뜨려야 하는 지금과 같은 아수라장 속에서 그런 역할을 할 사람이 없었다.

천보가 대원들을 바라보았다.

대원들도 정신없기는 마찬가지였지만 다가오는 적들을 막는 건 의협대가 할 수밖에 없다는 것이 천보의 생각이었다.

"뚫고 나갑니다! 적진 뒤에서 합류하려는 적들을 막아야 합니다!"

천보의 외침에 대원들은 곧바로 움직였다. 누가 먼저라고 할 것 없이 적진을 뚫고 지나가기 용이한 대형을 만들었다.

선두에는 천보가 섰다. 그러고는 속도를 높여 그대로 뚫고 나갔다.

천보의 주먹이 정면에 보이는 적들을 휩쓸었다.

뒤쪽에 선 대원들은 그런 천보에게 보조를 맞추며 자신들을 저지하는 적들을 막아갔다.

의협대가 적진을 휘저으며 뚫고 나가자 틈이 벌어졌고 개방도와 불산 세 문파의 문도들이 그 틈을 집요하게 파고들었다.

강제적으로 진형이 반으로 갈라지자 적들은 우왕좌왕하기 시작했다.

순식간에 뒤바뀐 전세. 하지만 아직 확실한 승기를 잡은 상태는 아니었다.

적진을 반으로 가른 의협대는 그대로 달려 나가 새롭게 합류하는 적들을 막아갔다.

적들의 검이 그대로 의협대원들을 꿰뚫으려는 듯 날카롭게 뻗어왔다.

이대로 충돌하면 말 그대로 꼬치가 될지도 모를 상황.

그러나 여기서 천보가 기지를 발휘했다.

천보는 기운을 끌어 올려 장력을 뿜어냈다. 그가 뿜어낸 장력은 찔러오는 적들의 검을 부드럽게 밀어냈다.

그에 검의 궤도가 틀어졌고 의협대의 앞에는 적들의 맨몸이 훤히 드러나 있었다.

의협대는 그 틈을 파고들며 주먹과 검을 뻗었다.

퍼퍼퍼퍽!

푸욱!

의협대의 공격에 기세 좋게 밀고 들어오던 적들이 주춤했다.

쓰러진 적들을 뛰어 넘으며 의협대는 물 만난 고기처럼 적들 사이를 휘젓고 다녔다.

빠르게 치고 들어와 정신없이 공격을 퍼붓는 의협대의 활약 덕분에 적들은 우왕좌왕했다.

그 짧은 머뭇거림 때문에 적들이 입은 피해는 상당했다.

하지만 적들이 가지고 있는 강점은 상대적으로 머릿수가 많다는 점이었다.

의협대가 적진 깊숙한 곳으로 뛰어들자 이내 정신을 수습한 적들이 의협대를 포위하기 시작했다.

포위당하면 위험해지는 상황.

그에 의협대는 자신들을 포위하려는 적들을 필사적으로 쓰러뜨리며 대형을 넓게 펼쳤다.

포위 자체를 하지 못하게 하려는 것이었다.

하지만 머릿수로 밀고 들어오며 반격하는 적들을 막아내기란 쉽지 않았다.

일단 그들이 본진에 합류하는 것을 막기 위해 무리수를 두긴 했지만 시간을 길게 끌기는 어려웠다.

서둘러 뒤쪽의 상황이 정리되어 아군이 도움을 주어야

만 위기를 넘길 수 있었다.

펙!

자신을 향해 호기롭게 검을 휘두르는 적을 쓰러뜨린 천보가 슬쩍 뒤쪽을 쳐다보았다.

아까보다 상황이 나아지기는 했지만 아군이 도움을 주려면 시간이 더 필요해 보였다.

적의 고수들과 싸우고 있는 세 문파의 장문인들도 아직 눈앞의 상대를 쓰러뜨리지 못한 채 발목이 잡혀 있었다.

"버티십시오!"

천보의 외침에 의협대원들은 더욱 힘을 냈다.

이미 많이 지친 상황. 큰 부상은 아니었지만 작은 부상들을 입었기에 체력은 더욱 빠른 속도로 떨어지고 있었다.

그럼에도 의협대원들은 정신력으로 버텨내고 있었다.

하지만 양으로 밀고 들어오는 적들을 막는 것은 한계에 다다르고 있었다.

절체절명의 상황.

이렇게 되자 대원들의 마음속에 조금씩 아쉬움이 생기고 있었다.

지금 이 자리에 서윤과 설시연이 있었으면 어땠을까? 하는 생각도 있었지만 근본적으로는 자신들의 강하지 못함을 아쉬워하고 있었다.

"큭!"

대원 중 한 명이 적의 검에 상처를 입어 짧은 신음을 내뱉었다.

정확하게 찔리거나 베인 것이 아니라 스친 것에 불과했지만 지금 상황에서는 치명적일 수 있었다.

적들이 신음을 내뱉은 대원이 있는 쪽을 집중 공략하기 시작했다.

어느 쪽이든 한쪽을 무너뜨리면 다른 쪽을 무너뜨리는 건 쉬운 법.

적들은 그것을 잘 알고 있었다.

적들의 집중 공격이 이어지자 그쪽에 있는 대원들은 금방 수세에 몰렸다. 다른 대원들이 도움을 주고는 있었지만 그럼으로써 대형이 흐트러져 더 큰 위기를 맞고 있었다.

마치 흐르는 강물을 얇은 나무판자로 힘겹게 막고 있는 것과 같은 상황이었다. 언제든 살짝만 건드려도 적들은 거대한 물줄기처럼 쏟아져 나올 것이었다.

그렇게 대원들의 희생이 한계에 다다랐을 때 뒤쪽에서 아군이 조금씩 달려오고 있었다.

하지만 그 숫자가 많지 않았다. 게다가 그마저도 어느새 의협대를 둘러싼 적들에게 막혀 있었다.

대원들의 표정은 잔뜩 일그러져 있었다.

있는 힘, 없는 힘을 쥐어 짜내고 있었지만 더 이상은 버틸 수가 없었다.

쾅! 콰콰콰콱!

그때 적진 뒤쪽에서 강력한 폭음이 들렸고, 사방으로 적들의 비명 소리가 울려 퍼졌다.

대원들의 표정이 밝아졌다.

소리만 들어도 서윤이 등장했다는 걸 알 수 있었기 때문이었다.

빠르게 달려와 적진 한가운데로 뛰어든 서윤은 인정사정 볼 것 없이 주먹을 휘둘렀다.

서윤의 상태는 정상이 아니었다.

제법 심한 상처를 입은 듯 몸 곳곳이 빨갛게 물들어 있었고 옷은 반절 이상 찢어져 있었다.

얼굴 가득 피곤함이 묻어 있음에도 서윤은 휘두르는 주먹을 멈추지 않았다.

서윤의 눈은 더욱 빛나고 있었다.

주변의 상황이 빠르게 뒤바뀌고 있었음에도 그의 시선은 조금도 흐트러짐이 없었다.

정확한 일격으로 적들을 쓰러뜨리는 서윤 한 명의 기세가 적들의 기세를 집어 삼키고 있었다.

상황이 그렇게 되자 의협대도 더욱 힘을 냈다.

자신들을 구하기 위해 고군분투하는 서윤의 발목을 잡을 수는 없었다.

"대주님께서 오셨습니다! 힘내십시오!"

천보의 외침이 아니더라도 펼치는 공격의 위력은 조금 전보다 훨씬 강해져 있었다.

없던 힘이 샘솟는 것 같은 기분을 느끼며 적들을 휘몰아쳐 갔다.

콰콰쾅!

서윤의 주먹과 함께 적들이 터져 나갔고 그를 중심으로 넓은 공간이 만들어졌다.

서윤에게 달려들지 못하고 물러선 적들이 만들어낸 공간이었다.

주먹을 휘두르던 서윤은 가만히 서서 적들을 바라보았다.

산발한 머리카락 사이로 보이는 그의 눈동자는 한기가 느껴지는 것같이 차갑게 빛나고 있었다.

저벅. 저벅.

피 칠을 한 서윤이 발걸음을 내디뎠다.

그가 한 걸음 내디딜 때마다 적들은 한 걸음씩 뒤로 물러섰다.

범접할 수 없는 기세가 만들어낸 자연스러운 현상이었다.

그러는 사이 대원들은 쉴 새 없이 적들을 몰아치고 있었다.

서윤의 등장으로 적들의 움직임이 굳어 처치하는 것이 훨씬 수월했다.

천천히 발걸음을 옮기던 서윤이 다시 멈춰 섰다.

"흐읍!"

그러고는 말없이 숨을 크게 들이키더니 다시 땅을 박찼다.

빠르게 쏘아져 나간 서윤의 주먹에는 태산과 같은 기운이 모여 있었고, 다시금 적들을 휘몰아쳐 갔다.

일진광풍이 휘몰아치자 거기에 휩쓸린 적들은 정신을 차릴 새도 없이 이승과 작별을 고할 수밖에 없었다.

순식간에 적들 반절 이상을 쓰러뜨린 서윤 앞에 의협대원들이 다가왔다.

적들은 그들에게 달려들지 못하고 물끄러미 지금의 상황을 보고만 있었다.

"무사하셨군요."

"예. 걱정하셨다면 미안합니다."

서윤의 말에 대원들은 환한 미소와 함께 고개를 저었다.

"상태가 많이 안 좋아 보이십니다."

"이 정도는 이제 아무렇지도 않습니다. 예전처럼 쓰러지고 그런 일을 없을 겁니다."

서윤의 대답에 대원들은 다시 한 번 미소를 지었다.

짧은 대화를 마친 서윤이 다시금 주변을 살폈다. 얼마 남지 않은 적들은 이미 전의를 완전히 상실해 감히 덤벼들 생각을 하지 못하고 있었다.

서윤은 시선을 돌려 치열한 싸움을 계속하고 있는 불산세 문파의 장문인들을 바라보고 있었다.

장문인들도 그렇고 그들을 상대하고 있는 적들도 상태가 좋지는 않아 보였지만 그 싸움도 거의 끝을 향해 달려가고 있었다.

'도와줄까?'

그렇게 생각한 서윤은 이내 고개를 저었다.

스스로 위기를 넘기고 이기는 싸움을 한다면 그 문파는 그 경험을 바탕으로 더욱 성장할 수 있을 것이기 때문이었다.

그런 것을 누구보다 잘 알고 있는 서윤은 도움을 주지 않으려 했다.

스윽.

움찔!

서윤이 다시 시선을 돌려 적들을 바라보자 적들은 움찔하며 긴장했다.

"죽고 싶다면 남고 죽기 싫다면 도망쳐라. 그리고 절대 세상에 다시 나오지 마라. 마도인으로서 순수하게 무를 추구하는 것이 아니라 악행을 일삼는다면 그땐 어디에 숨든 찾아내서 죽일 것이다."

서윤의 말에 적들은 서로의 눈치를 보더니 슬금슬금 움직였다. 그러고는 이내 뿔뿔이 흩어져 도망쳤다.

적들이 모두 사라지자 천보가 서윤에게 말했다.

"치료를 좀 받으셔야 할 것 같습니다."

"오래 치료할 시간이 없습니다. 상처에는 대충 금창약만 바르고 곧바로 출발해야 합니다."

"급한 일이라도 있습니까?"

"적들의 정예가 소림과 무당, 무림맹을 노리고 진격 중인 모양입니다."

서윤의 말에 대원들이 깜짝 놀란 표정을 지었다. 소림과 무당, 무림맹이라면 정도 무림의 핵심이었다.

강한 문파이긴 하지만 배신자들의 활동으로 인해 정상 전력이 아닌 만큼 승리를 장담할 수 없는 상황이었다.

"이 싸움이 끝나면 잠시 쉬고 곧바로 출발해야 합니다. 그러니 다들 운기는 꼭 해두십시오. 속도를 높일 예정입니다."

서윤의 말에 대원들이 굳은 표정으로 고개를 끄덕였다.

많이 지친 상황이라 휴식을 취하고 싶은 마음은 굴뚝같았지만 그러지 못하는 아쉬움은 잠시 접어두기로 했다.

그러는 사이 마지막 싸움도 모두 끝이 났다.

장문인들은 지친 기색이 역력했지만 기뻐하는 표정으로 승리를 만끽했다.

서윤은 천천히 그들에게 다가갔다.

기뻐하던 장문인들은 자신들을 향해 다가오는 서윤을 바라보았다. 그들 중 서윤과 일면식이 있는 유대호는 굉장히 반가워하며 서윤을 맞이했다.

"정말 오랜만입니다. 많이 달라지셨군요."

"그간 많은 일이 있었지요. 고생하셨습니다."

서윤의 말에 유대호가 미소와 함께 고개를 끄덕였다.

"그날 저희 신월파를 찾아 주셨던 그날의 일이 저희에게는 정말이지 엄청난 도움이 되었습니다. 흡사 기연을 얻은 것과 같았지요. 저희뿐만 아니라 불산의 세 문파가 동반 성장하는 아주 좋은 계기가 되었습니다. 그 덕분에 오늘도 승리할 수 있었지요. 다시 한 번 감사합니다."

"아닙니다. 그날 도움을 받은 건 저였습니다. 그날의 비무와 조언이 아니었다면 이렇게까지 성장하지 못했을 겁니다."

"하하하! 그렇게 말씀해 주시니 뿌듯합니다. 어디 가서 자랑이라도 해야겠습니다."

유대호의 말에 서윤도 기분 좋은 웃음을 터뜨렸다. 그런 두 사람을 영문파의 장문인과 장홍파의 장문인은 쭈뼛거리며 바라보고 있었다.

그들도 서윤과 안면을 트고 연을 만들고 싶었는데 끼어들지 못하고 있던 것이다.

그런 장문인들의 마음을 알았을까? 유대호가 두 사람을 서윤에게 소개했다.

"이분들은 영문파와 장홍파의 장문인들입니다."

"반갑습니다. 서윤입니다."

"유 장문인한테서 귀에 딱지가 앉도록 이야기를 들었습니다. 전 영문파의 장문인인 섭운생(攝雲生)이라고 합니다."

"장홍파의 엄철(嚴鐵)입니다. 이렇게 만나 뵙게 되어 영광입니다."

눈을 빛내며 자신에게 과한 인사를 건네는 그들을 보며 서윤은 민망한 기색을 보였다. 자신이 그렇게 대단한 사람이 아니라는 생각 때문이었다.

"많이 다치신 모양입니다."

"괜찮습니다. 이 정도는."

"누구와 싸우셨기에 이렇게까지……."

엄철의 물음에 서윤이 잠시 머뭇거리다가 말했다.

"궁마존입니다."

"궁마존!"

서윤의 입에서 궁마존이라는 별호가 튀어나오자 세 장문인 모두 깜짝 놀랐다.

직접 본 적은 없지만 궁마존이라는 별호는 모르는 사람이 없을 정도로 고수였기 때문이다.

궁마존과 싸운 것도 놀라운데 서윤이 이곳에 있다는 건 그와 싸워 이겼다는 뜻이기에 더욱 놀라울 수밖에 없었다.

아직 이십 대인 그가 마교 최고수 중 한 명인 궁마존을 꺾었다는 소문이 퍼진다면 정도 무림에 엄청난 힘이 될 것이었다.

역시나 개방도들은 서윤에 대한 소식을 퍼뜨리기 위해 분주히 움직이고 있었다.

"대단하시군요. 일단 불산으로 가시지요. 상처도 치료하고 쉬셔야 할 것 아니겠습니까?"

"예. 조금 쉬고 바로 출발해야 할 듯합니다."

"바로 출발하신단 말입니까?"

내심 서윤과 하루 정도 시간을 보내며 궁마존과 싸운 이야기를 듣고 싶었던 장문인들이 아쉬운 기색을 보였다.

"예. 적들의 정예가 소림과 무당, 무림맹 쪽으로 진격 중이라고 합니다. 아마 그곳에는 마교주도 있을 겁니다."

"음······."

서윤의 말에 장문인들은 고개를 끄덕였다. 한시가 급한 상황인데 자신들 개인적인 욕심을 채울 수는 없었다.

"그럼 서둘러 가시지요. 조금이라도 빨리 가야 조금이라도 더 쉬고 가시지 않겠습니까?"

"예. 그러지요."

그렇게 대답한 서윤은 개방도들에게 다가갔다. 서윤이 다가오자 개방도들은 눈을 빛내며 그를 바라보았다.

서윤의 강함이야 어찌 보면 그 누구보다 잘 알고 있을 개방도들이었지만 궁마존과 싸웠다는 이야기를 직접 들은 후라 더욱 존경심이 들었다.

"힘드시겠지만 이곳 뒤처리를 부탁드립니다."

"걱정 마십시오."

개방 책임자가 서윤에게 공손히 대답했다.

개방도들은 곧장 시체를 치우며 뒤처리를 시작했고 서윤은 의협대원들과 함께 곧장 불산으로 발걸음을 옮겼다.

*　　　*　　　*

여유롭게 소림으로 향하고 있는 마교주는 궁마존에 대한 소식을 듣자마자 얼굴이 환해졌다.

"궁마존과 서윤이 다시 한 번 싸웠고, 서윤은 멀쩡히 살아서 불산 쪽 아군을 쓸어버렸다?"

"예. 궁마존의 행적은 묘연하다고 합니다."

"죽었겠지. 둘이 싸워서 둘 다 목숨을 부지하지는 못했을 테니."

마교주의 말에 여인은 더 이상 아무런 말도 하지 않았다. 하지만 그녀의 표정은 어딘지 모르게 찜찜한 듯했다.

"찜찜한가?"

"네. 죽었다면 시신이라도 찾았어야 하는데 궁마존의 시신을 발견하지 못했으니까요."

여인의 대답에 마교주는 걱정 말라는 듯 말했다.

"시체를 찾기 어려울 정도로 망가졌거나 들짐승의 먹잇 감이 되었겠지. 그런 경우는 제법 흔한 일 아닌가. 그러니 신경 쓸 것 없다."

마교주의 말에 여인은 가볍게 고개를 끄덕였다. 하지만 우려가 되는 건 어쩔 수 없는 모양이었다.

그런 그녀의 표정을 외면하며 마교주가 기분 좋게 말했다.

"앓던 이 하나가 빠져나간 것 같군. 개운해!"

마교주 입장에서는 의견 충돌도 잦았고 잠재적 위험 요소인 그의 죽음이 기꺼울 수밖에 없었다.

"이제 최후의 일격만 날리면 되겠군."

마교주의 입가에 피어오른 미소가 더욱 진해졌다.

*   *   *

대륙상단으로 돌아온 서윤은 간단한 치료를 받은 뒤 곧장 운기에 들어갔다. 외상이야 시간이 흘러 아물 때까지 기다려야 한다지만 가벼운 내상과 소모된 진기는 운기를 통해 얼마든지 빠르게 회복이 가능하기 때문이었다.

운기에 들어간 서윤은 세 시진이 넘도록 방에서 나오지 않고 운기만 하고 있었다. 덕분에 대원들 역시 충분히 쉴 수 있는 시간적 여유를 가질 수 있었다.

서윤이 대륙상단 불산 지부로 돌아왔을 때 황노는 반가워하면서도 곳곳에 나 있는 상처에 대경실색을 했다.

서둘러 의원을 데려오고 쉴 수 있는 방을 준비하는 등 발 빠르게 움직였다. 지금도 서윤의 방 근처를 서성이며 필요한 것이 있으면 바로바로 준비할 수 있도록 대기하고 있었다.

운기를 하는 서윤의 얼굴 표정은 찌푸려졌다가 펴지기를 반복했다. 내상의 정도가 심하지는 않았으나 제법 통증이 있는 모양이었다.

세 시진이 흐르고 반 시진이 더 지나고 나서야 서윤이 천천히 눈을 떴다. 운기를 하는 동안 많은 땀을 흘린 탓에 얼굴은 물론이고 입고 있던 옷과 감았던 붕대가 축축했다.

하지만 서윤은 곧장 옷을 갈아입기 보다는 잠시 그 상태로 앉아 있었다. 무언가를 생각하는 듯 가만히 허공을 응시하고 있었다.

잠시 그렇게 앉아 있던 서윤이 자리에서 일어났다.

상처들 때문에 움직이는데 불편함이 좀 있었지만 확실히 운기 전보다는 나은 상태였다.

"아, 운기는 끝나셨습니까?"

"예. 고맙습니다, 황노."

"고맙다니요. 이런, 옷이 많이 젖으셨군요. 얼른 새로 준비하라 이르겠습니다."

"감사합니다."

"아이고, 그런 말씀 마십시오."

서윤의 인사에 황노가 손사래를 치며 말하고는 서둘러 새로운 옷을 준비하기 위해 자리를 떠났다.

황노가 사라지고 서윤은 잠시 주변을 둘러보았다. 날은 이미 어두워져 있었고 상단 내도 조용했다.

잠시 그렇게 서 있던 서윤은 하늘을 올려다보았다.

금방이라도 비가 쏟아질 것처럼 구름이 잔뜩 끼어 있었다.

"쏟아지면 안 되는데."

서윤이 그렇게 중얼거렸다. 날이 저물긴 했지만 옷을 갈아입으면 바로 출발할 생각이었던 것이다.

그러는 사이 황노가 새 옷을 가지고 돌아왔다.

"여기 있습니다."

"고맙습니다. 그리고 대원들 좀 모아주십시오."

"알겠습니다. 회의실로 모실 테니 갈아입고 그리로 오시면 될 것 같습니다."

"알겠습니다."

서윤의 대답에 가볍게 고개를 숙인 황노가 대원들이 있는 곳으로 분주하게 발걸음을 옮겼다.

그에 서윤은 새로 받은 옷을 들고 다시 방으로 들어갔다.

옷을 갈아입은 서윤은 곧장 회의실로 발걸음을 옮겼다.

회의실에는 이미 대원들이 모두 모여 있었다. 서윤이 운기를 길게 한 덕분에 충분한 휴식을 취한 대원들의 표정에는 개운함이 드러나고 있었다.

"다들 잘 쉬셨습니까?"

"예!"

서윤의 물음에 대원들이 힘차게 대답했다.

"좋습니다. 아까 낮에 간단히 말했듯 곧장 무림맹으로 향할 겁니다. 밤이 되긴 했지만 상황이 촉박한 만큼 무리를 할 생각입니다."

밤새 이동해야 한다는 말에도 대원들 중 어느 한 명도 싫은 기색을 보이지 않고 있었다.

"그럼 채비를 마친 뒤 정문 앞에 모여주십시오. 한 식경 후에 출발하겠습니다."

"예!"

힘차게 대답한 대원들이 빠릿빠릿하게 움직였다. 그에 흡족한 표정을 지은 서윤도 채비를 하기 위해 발걸음을 옮겼다.

챙길 것이 많지 않았던 서윤이 가장 먼저 대륙상단 정문 앞에 나와 있었다. 그리고 얼마 후 대원들이 하나둘씩 모습을 보였다.

대원들이 거의 다 모였을 때, 황노가 상단 사람들 몇 명과 함께 정문으로 나왔다. 다들 무언가를 잔뜩 들고 있었다.

"이것 가져가십시오."

황노가 서윤에게 건넨 것은 지푸라기를 엮어 만든 우의
였다. 상단 사람들도 대원들 한 명, 한 명에게 우의를 나눠
주고 있었다.

"하늘에 구름도 많고 습도도 높아진 것이 아무래도 비가
올 모양입니다. 밤새 가셔야 하는데 챙겨드릴 것이 이것밖
에 없습니다."

"아닙니다. 이것만으로도 충분히 감사합니다."

서윤의 말에 황노가 미소를 지었다.

"많이 변하신 것 같은데 어떻게 보면 또 하나도 안 변하
신 것 같습니다."

황노의 말에 서윤도 옅은 미소를 지었다.

"지금처럼 그런 마음 항상 간직하시기 바랍니다. 자리에
따라 위치에 따라 변해야 할 부분도 있지만 변하지 말아야
할 부분도 있지요. 지금처럼 항상 감사할 줄 아는 그런 마
음은 변치 않으셨으면 좋겠습니다."

"명심하겠습니다."

서윤의 대답에 미소를 지은 채 고개를 끄덕인 황노가 상
단 사람들을 바라보았다. 우의는 모두 나눠준 것 같았다.

"오래 붙잡아 두지 않겠습니다. 부디 몸조심하십시오."

"예. 다음에는 이런 일로 오지 않고 마음 편히 놀러 오겠
습니다."

"꼭 그러십시오. 그리고 그때는 좋은 반려자도 함께였으면 좋겠습니다."

황노의 말에 서윤은 설시연을 떠올리며 미소를 지었다. 아직 황노는 두 사람의 관계를 모르고 있었지만 굳이 지금 연인 사이가 됐음을 말하지는 않았다.

"그럼 이만 가보겠습니다."

"예. 어서 가십시오."

황노가 상단 사람들과 함께 물러섰고 서윤은 대원들과 함께 곧장 불산을 떠나 무림맹으로 발걸음을 옮겼다.

잠시 서윤과 대원들이 떠나는 것을 지켜보던 황노가 상단 사람들에게 말했다.

"들어가자꾸나. 비가 오려니까 무릎이 쑤신다."

그렇게 말하며 황노가 약간 절뚝거리며 상단 안으로 들어갔다.

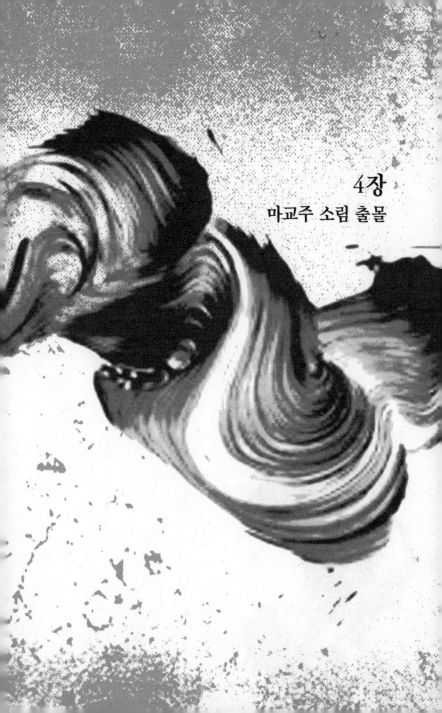

4장
마교주 소림 출몰

風神 徐潤

풍신 서윤

설시연과 함께 무림맹으로 돌아온 서시는 의선의 도움으로 독을 몰아내고 순조롭게 회복하고 있었다.

그러는 사이 설백과 설시연은 모처럼 생긴 여유 시간을 활용해 무공 수련에 박차를 가했다.

물론 현재 설시연의 무위라면 누군가의 가르침이 필요하다기 보다는 스스로 깨달음을 얻는 것이 필요한 상황이긴 했지만 설백의 머릿속에 있는 무학이라면 도움이 되면 도움이 되었지 방해가 되지는 않을 것이었다.

나름의 여유를 누리고 있는 두 사람과 달리 제갈공과 방주를 잃은 슬픔을 갈무리하고 무림맹에 와 있는 후개는 정신없는 나날을 보내고 있었다.

적들이 오고 있는 상황.

미리 소림과 무당에 지원을 요청해 놓은 상태였지만 밀고 오는 적들의 규모와 힘은 어마어마한 수준이었다.

적의 정예를 상대해야 한다는 것도 부담이긴 했지만 무엇보다 거기에 마교주가 섞여 있다는 것이 가장 큰 부담이었다.

며칠째 잠도 제대로 자지 못한 상태의 두 사람은 제갈공의 집무실에 모여 있었다.

수시로 올라오는 보고들을 종합하여 적과 아군의 전력차를 계산하고 최대한 이길 수 있는 방법을 찾아내야 했다.

"후… 마교주 한 명 때문에 계산이 안 서는군요."

"아무래도… 그래도 들어온 소식으로는 의협대가 이쪽으로 출발했다고 하니 기다려 봐야지요."

후개의 말에 제갈공도 고개를 끄덕였다.

"문제는 서 대주의 몸 상태입니다. 곧바로 출발한 것을 보면 큰 문제는 없어 보입니다만, 마교 최고수 중 한 명이라는 궁마존과 싸웠으니 안심할 수는 없을 것 같습니다."

후개의 말에 가만히 듣고만 있던 제갈공이 입을 열었다.

"아직 궁마존의 시신은 찾지 못한 겁니까?"

"예. 증발했다는 표현이 딱 맞을 정도로 감쪽같이 사라졌습니다. 어떻게 되었는지는 서 대주 본인만 알고 있을 테지요."

"흠… 일부러 살려줬을 리도 없고……."

"그럴 리는 없을 겁니다. 궁마존은 이번 싸움에 있어서 마교주와 함께 가장 큰 걸림돌 중 하나입니다. 살려 뒀을 리가 없겠죠."

후개의 말에 제갈공은 살짝 인상을 찌푸렸다가 고개를 저었다. 지금 상황에서 계속 그것만 생각하고 있을 수는 없는 노릇이었다.

"숫자는 비등한데 고수의 숫자가 많이 부족합니다. 냉정하게 따져서 우리가 열세입니다."

"남궁가가 조금만 더 빨리 와주면 좋으련만… 팽가와 황보가의 소식은 없습니까?"

"아직 사천 쪽의 소식은 듣지 못했습니다. 당가가 돌아선 상황에서 청성과 아미가 온전할 가능성은 희박합니다. 팽가주와 황보가주는 아직 희망의 끈을 놓지 않고 있는 듯합니다만……."

제갈공은 머리가 아파 오는 것 같았다. 시간 여유가 조금이라도 더 있으면 좋으련만 그렇지 못한 것이 아쉽기만 했다.

'전부 다 계산에 있었다는 듯 움직이는군.'

상황을 유리하게 끌고 가기 위해 선택한 것이 선공이었다. 그런데 오히려 지금은 그 선택이 발목을 잡고 있었다.

제갈공은 다시 고개를 저었다.

지나간 일만 계속 생각하고 있어 봤자 도움이 될 것은 없었다. 앞으로 벌어질 일을 어떻게 막아내느냐 하는 것에만 집중해도 시간이 모자랄 지경이었다.

제갈공과 후개는 다시 머리를 맞대고 전략을 짜내기 시작했다.

*　　　　*　　　　*

소림이 있는 숭산은 고요했다.

밤이 되어 더욱 그런 것도 있었지만 소림을 찾는 사람들의 발길이 줄어든 것이 가장 큰 이유였다.

당장 찾아오는 사람이 없다 해도 평소 사람이 많이 찾는 곳은 이렇게까지 적막한 느낌을 주지는 않았다. 그만큼 사람들의 발길이 뜸해진 지 제법 오래 되었다는 뜻이기도 했다.

소림의 산문 역시 숭산의 분위기만큼이나 고요했다.

하지만 조금 다른 부분이 있다면 고요함 속에 긴장감이 잔뜩 섞여 있다는 점이었다.

불침번 근무를 맡아 소림사 경내를 도는 무승들의 표정에서도 그런 긴장감은 확연히 드러났다.

약 이틀 정도의 준비 기간이 지나면 곧장 무림맹으로 출발해야 하는 그들 입장에서는 큰 싸움을 앞두고 긴장하는 것이 당연했다.

더구나 상대는 적의 정예라지 않은가.

정도 무림 최강이라는 소림의 무승이라 할지라도 적의 정예를 상대해야 하는 건 부담으로 작용할 수밖에 없었다.

만약 현재 소림의 전력이 정상이라면 그런 긴장감이 조금 덜했을지도 모를 일이었다.

하지만 각 문파에 있던 배신자들은 소림에도 있었고 그들은 소림의 전력을 야금야금 갉아 먹었다.

그래도 소림은 소림이지만 심적으로 부담이 되지 않을 리가 없었다.

깊어졌던 밤이 천천히 물러가고 그 자리에 밝은 빛이 스며들기 시작했다. 불침번을 돌던 무승들도 피곤 때문에 눈꺼풀이 무거워질 시간이었다.

산문을 지키던 무승들은 자꾸만 감기는 눈꺼풀에 힘을 주며 버티고 있었다. 그런 그들의 눈에 어렴풋이 사람의 모습이 보였다.

처음에는 눈이 너무 피곤해 잘못 본 것인 줄 알았다.

하지만 몇 번이고 눈을 비비며 다시 봐도 분명 사람이었다.

이렇게 이른 시간에 누군가가 소림을 찾는 것은 굉장히 오랜만의 일이었다. 예전 같았으면 대수롭지 않았을 일이지만 지금은 그렇지 않았다.

조금씩 가까워지는 그 사람의 옷차림부터가 무승들을 긴장하게 만들었다.

일반인의 복장이 아니기 때문이었다. 겉에 걸친 장삼 안에 보이는 것은 분명 무복이었다.

옷차림을 떠나 그의 손에 들려 있는 검만 봐도 다가오는 이가 무인이라는 것을 충분히 짐작할 수 있었다.

삐익!

산문을 지키던 무승 한 명이 안쪽으로 길게 휘파람을 불었다. 그러자 안쪽에서 경계를 서던 무승들이 우르르 몰려나왔고 곧이어 타종 소리가 들려왔다.

갑자기 소림사 경내가 소란스러워졌다.

단순히 시간을 알리는 타종 소리가 아니라 긴급 상황을 알리는 타종 소리였기 때문이었다.

다가오던 사람은 산문 밖으로 나온 무승들 때문인지 적

당히 거리를 두고 멈춰 서서는 가만히 바라보고만 있었다.

무승들이 모두 나와 경계 태세를 갖추자 안쪽에서 고승한 명이 모습을 드러냈다. 천보의 스승인 원명이었다.

"이렇게 이른 시간에 검을 들고 소림을 찾으신 분은 누구십니까?"

원명의 물음에도 상대는 아무런 대답 없이 미소만 짓고 서 있을 뿐이었다.

하지만 그의 몸에서 흘러나오는 기운의 크기를 감지한 원명은 더욱 경계하며 물었다.

"어찌 신성한 소림의 산문 앞에서 이토록 진한 살기를 뿜어낸단 말이오!"

원명의 호통에 상대가 진한 미소를 지었다. 그러고는 말없이 검을 뽑았다.

스릉!

검집을 빠져나오는 소리가 고요한 소림의 산문 앞을 울렸다. 그러자 소림 무승들은 더욱 긴장한 표정으로 상대를 바라보았다.

검만 뽑았을 뿐인데 풍기는 기도가 확 달라졌기 때문이었다.

'여기 있는 이들로는 감당할 수 없는 자다.'

원명은 상대의 기도를 읽고 빠르게 판단을 내렸다. 그러고는 곧장 뒤에 서 있는 무승 중 한 명에게 말했다.

"나한 전부를 소집하거라."

"저, 전부를 말입니까?"

"그래. 그러지 않으면 여기 있는 우리 모두가 저자에게 죽을 것이다."

원명의 말에 무승들이 동요하기 시작했다. 지금까지 백팔 명의 나한이 전부 소집된 적은 없었기 때문이었다. 심지어 지난번 실혼인들이 쳐들어왔을 때에도 단 십팔 명의 나한만 소집되었다.

그만큼 눈앞의 상대가 강하다는 뜻. 무승들이 동요하는 건 당연한 일이었다.

"어서."

"알겠습니다."

원명의 명령을 받은 무승이 서둘러 산문 안으로 들어갔다. 이 모든 것을 보고 있던 상대의 입가에는 더욱 진한 미소가 번졌다.

해는 빠르게 떠오르고 있었다.

어렴풋이 보이던 상대의 모습도 이제는 아주 또렷하게 보이고 있었다.

원명은 인상을 찌푸린 채 상대를 바라보았다.

햇살에 눈이 부셔 그런 것도 있었지만 아무리 봐도 상대가 누구인지 알 수 없었기 때문이었다.

하지만 만약 이 자리에 의협대가 있었다면 단번에 그를 알아보았을 것이다.

소림 산문 앞에 등장한 가공할 위력의 고수.

그는 바로 마교주였다.

하지만 마교주의 얼굴을 한 번도 본 적이 없는 원명으로서는 그 정체를 짐작하기가 쉽지 않았다.

더구나 마교주는 적의 정예와 함께 무림맹으로 향하고 있다고만 알고 있었기에 더욱 그의 정체를 알아차리기가 어려웠다.

"너무 바깥출입을 안 한 모양이군."

마교주가 들릴 듯 말 듯한 목소리로 중얼거렸다. 원명에게도 잘 들리지 않을 정도로 작은 목소리였다.

그렇게 조금의 시간이 더 지나고 소림 산문 안에서 거대한 기운이 한데 뭉치는 것이 느껴졌다.

때가 되었다 싶었는지 원명이 앞으로 나서며 말했다.

"누구인지는 모르겠지만 그 힘의 크기는 감히 여기에 있는 우리가 감당하기 어려운 수준이오. 그래서 안쪽에 소림의 자랑이라는 백팔나한진을 준비했으니 상대해 보는 게 어떻겠소?"

백팔나한진이라는 말에 마교주의 시선이 산문 안쪽에 닿

았다. 기운으로 보아 당연히 나한진일 줄을 알았지만 백팔 명의 나한을 모두 소집했을 것이라고는 예상하지 못했다.

하지만 마교주의 표정에는 긴장이나 두려움 같은 건 조금도 보이지 않았다. 오히려 기대된다는 듯 설레는 표정이었다.

스릉! 척!

마교주가 다시 검을 검집에 꽂았다. 애초에 검을 뽑은 것도 산문 앞에 진을 치고 있는 이들을 상대하기 위한 것이 아니었다.

그저 자신의 실력을 살짝 보여주기 위한 의도된 행동에 불과했다. 진짜 검을 뽑는 것은 나한진 앞이어야 했다.

"몸 풀기로 딱이군."

마교주가 앞으로 걸어 나오며 말했다. 그리고 그 한 마디는 원명의 귀에 너무나 또렷하게 들렸다.

원명의 표정이 딱딱하게 굳었다.

이유는 두 가지 때문이었다. 첫 번째로 소림의 상징이라 할 수 있는 나한진을 무시한 것에 대한 분노, 두 번째로 그 정도 자신감을 보일 정도로 상대가 강하다는 것에 대한 놀람 때문이었다.

'이자, 설마……'

원명의 머릿속을 스쳐 지나가는 사람은 딱 한 명밖에 없었다. 만약 머릿속의 그 사람이 지금 자신의 곁을 스쳐 지나가는 사람과 동일 인물이라면 비상이었다.

홀로 소림을 상대하기 위해 나타난 자.

승리를 의심하는 건 아니었지만 그 혼자 나타났을 때에는 그만한 자신감과 실력이 있다는 뜻이기 때문에 불안감이 엄습했다.

마교주가 곁을 지나가자 원명이 벌어진 입을 다물지 못한 채 몸을 돌려 시선을 고정시켰다.

"마교주?"

원명의 입에서 마교주라는 단어가 흘러나오자 막 산문 안으로 들어가려던 마교주가 발걸음을 멈추었다.

그러고는 고개만 살짝 돌려 원명을 바라본 마교주가 씩 웃었다.

진한 미소를 지어 보인 마교주는 아무렇지도 않게 산문 안으로 걸어 들어갔다.

"비상이다. 서둘러 무당과 무림맹에 이 사실을 알려라! 마교주가 왔다고!"

원명의 말에 넋을 놓고 산문 안으로 들어가는 마교주를 바라보던 무승들이 다급하게 움직였다.

원명 역시 서둘러 산문 안으로 들어갔고 마교주와는 다른 길을 통해 곧장 방장실이 있는 곳으로 달렸다.

조금 전까지 고요하기 그지없었던 소림이 마교주의 등장으로 순식간에 소란스러워졌다.

*   *   *

산문 안으로 들어간 마교주의 발걸음은 여유가 넘쳤다.

나한진이 뿜어내는 기운이 이끄는 곳으로 향하고 있음에도 일말의 긴장감이 보이지 않았으며 오히려 경쾌함마저 보이는 듯했다.

경내의 건물 몇 개를 지나니 넓은 공터가 나왔다. 무승들이 수련하는 연무장을 겸하는 곳이었다.

그곳에는 백팔 명의 나한들이 빼곡히 도열해 있었다.

그들 앞에 선 마교주는 무심한 눈빛으로 나한들을 바라보았다. 나한들 역시 조금의 표정 변화도 없이 마교주를 바라보았다.

상대가 마교주라는 걸 모르는 탓도 있겠지만 그 어떤 상대가 와도 이길 수 있다는 백팔 나한의 자신감이 고스란히 묻어나는 표정이었다.

마교주와 나한들의 대치는 한참 동안 이어졌다.

마주한 뒤로 별다른 기운을 뿜어내지 않고 있음에도 그들 사이에는 팽팽한 긴장감이 금방이라도 터질 듯 팽창하고 있었다.

"소림의 자랑인 나한들이군."

여유 넘치는 마교주의 말에도 나한들의 표정에는 변화가 없었다.

나한들 중 가장 앞 줄 가운데에 선 자가 무심한 표정을 유지한 채 마교주에게 물었다.

"나한진에 도전하려는 자가 그대인가?"

"도전? 도전은 나보다 강한 무언가에 하는 것이 도전이지. 난 도전하러 온 게 아닌데."

"오만하구나. 나한불패(羅漢不敗) 중원최강(中元最强)의 명성을 괜히 얻은 것이 아니거늘. 오만함은 늘 독이 되는 법이거늘… 아둔함의 끝을 보이는구나."

"하하하하!"

나한의 말에 마교주가 대소를 터뜨렸다. 그렇게 한참을 웃은 마교주가 다시 그 나한을 바라보며 말했다.

"나한불패, 중원최강? 말이 많아지는 걸 보니 긴장한 모양이구나!"

우웅!

마교주의 말에 나한들의 몸에서 강렬한 투기(鬪氣)가 흘러나왔다.

지금까지 나한진 앞에서 이런 여유를 부린 사람 치고 멀쩡히 돌아간 이는 없었다.

지금까지의 그러했듯 이번에도 예외는 없어야 했다.

자신들의 앞에서 오만을 부리는 이가 누구인지는 상관
없었다. 상대가 누구든 나한진을 무시하고 도전한 이상 자
비란 있을 수 없었다.

"나한진을 펼쳐라!"

나한의 외침에 백팔 명의 나한들이 일사불란하게 움직였
다.

한두 명도 아니고 백 명이 넘는 나한이 강렬한 투기를
뿜어내며 움직이는 모습은 그것만으로도 보는 이를 질리게
하는 무언가가 있었다.

순식간에 마교주는 나한진의 한가운데에 들어와 있었다.

세 겹의 포위망에 둘러싸인 마교주의 표정은 여전히 그
대로였다.

"발동(發動)!"

척!

우우우우웅!

그 외침과 함께 나한들이 들고 있던 봉을 일제히 마교주
를 향해 겨누었고 그것을 시작으로 엄청난 기운과 압력이
마교주를 향해 폭사되었다.

범인이라면 그 즉시 피를 토하고 쓰러졌어야 할 정도의

엄청난 압력이었지만 마교주는 너무나 거뜬히 견뎌내고 있었다.

스릉!

마교주가 천천히 검을 뽑았다.

나한진 앞에 모습을 드러내는 마교주의 상징인 천마검이 햇빛을 받아 반짝였다.

우우웅!

천마검이 낮은 울음을 토해냈다. 세상 그 어떤 명검보다 훌륭한 검이 들려주는 아름다운 검명(劍鳴)이라 해도 손색이 없을 소리였다. 다만 그 검명의 근원지가 마교주의 손에 들린 천마검이라는 것이 안타까울 따름이었다.

5장
마교주 대 소림

風神徐闇

풍신서윤

　마교주가 소림에 나타났다는 소식은 그 어느 때보다 빠르게 무림맹과 무당으로 전해졌다.

　전혀 예상치 못한 마교주의 행보에 제갈공과 후개는 혼란에 빠질 수밖에 없었다. 이곳으로 오고 있는 정예와 함께 움직이고 있다 생각했는데 홀로 소림에 나타났다고 하니 지금까지 계산했던 것들이 전부 수포로 돌아간 느낌이었다.

　그것은 둘째 치더라도 마교주가 가 있는 소림의 상황이 가장 중요한 변수였다. 마교주를 상대로 소림이 백팔나한진을 펼칠 것이 분명했다.

지금까지 백팔나한진을 펼치고 패한 적은 단 한 번도 없었다. 거기에 희망을 걸고 있지만 만에 하나 마교주가 백팔나한진을 깨뜨리고 이겨 버린다면 소림은 당분간 회생 불가 상태에 빠질 가능성이 컸다.

마교주가 나한진을 깨뜨리는 상황이 발생한다면 말 그대로 정도 무림은 끝이라고 볼 수 있었다.

무당과 무림맹, 그리고 곤륜으로 향한 남궁세가 등이 남아 있긴 하지만 소림의 패배로 인한 타격을 만회하기는 버거워 보였다.

시간적 여유라도 있으면 좋으련만 그런 것도 아니기에 더욱 그러했다.

제갈공과 후개가 소림에서의 결과에 촉각을 곤두세울 수밖에 없는 이유였다.

              *   *   *

마교주가 만들어낸 작은 틈은 생각했던 것만큼 순식간에 커지지는 않았다. 하지만 천천히, 아주 조금씩 커져가고 있었다.

그 첫 번째 증거가 바로 나한진을 구성하고 있는 나한들의 표정이었다.

덤덤하면서도 무심한 듯한, 조금은 상대를 아래로 내려다보는 듯한 표정에 변화가 생긴 것이었다.

빈 공간을 채우기는 했으나 이는 각각에 무리가 따를 수밖에 없었다. 인원은 줄어들었지만 나한진의 위력을 유지해야만 했고, 그것은 나한들 개개인에게 무리로 작용하고 있었다.

만약 나한진이 발동한 지 얼마 되지 않았을 때의 위력이라면 부담이 덜했겠지만 역사상 몇 차례 되지 않는 사 단계의 위력을 유지하는 것은 결코 쉬운 일이 아니었다.

그것은 마교주에게 굉장히 유리하게 작용하고 있었다.

비록, 나한진 내에서 그가 받아내고 있는 압력은 여전했지만 처음처럼 숨 막힐 정도는 아니었다.

마치 온몸을 꽁꽁 감싸고 있던 붕대가 조금 느슨해진 것 같은 그런 느낌이었다.

그러다 보니 마교주의 움직임이 더욱 수월해졌다.

그렇다고 해서 당장 몇 명의 나한들을 더 쓰러뜨린 것은 아니었지만 그래도 몇 차례 위협적인 상황을 연출하고 있었다.

나한들 입장에서는 당연히 다음 단계로 넘어가야만 했다. 하지만 인원이 줄어든 상태에서 위력을 한 단계 높인다면 이는 더욱 부담으로 작용할 수 있었다.

게다가 아무리 상대가 대단하다 하지만 사 단계에서 끝내지 못하고 오 단계로 넘어가는 것은 자존심이 허락하지 않았다.

하나 그들이 한 가지 간과한 것이 있었으니 바로 이전 세대의 나한들도 비슷한 상황을 겪었을 것이라는 점이었다.

처음부터 나한진 사 단계를 발동할 만큼 강한 적을 상대하지는 않았을 것이다.

무학이 발전하고 그 위력이 높아져 가면서 과거와 비교해 상당한 실력을 가진 고수들의 숫자도 많아지고 있었다.

그런 만큼 처음에는 나한진 일 단계로도 충분했으나 그것을 버티고 이겨내는 적이 나타났을 것이고 그것을 바탕으로 나한진 역시 수없는 발전을 이뤄왔을 것이었다.

그때마다 자존심을 내세웠다면 지금과 같은 발전을 이뤄내지는 못했을 것이다.

한데 지금의 나한들은 자신들 대에서 사 단계의 벽이 깨지는 것에 대한 두려움, 그리고 자존심 때문에 스스로 위험을 자초하고 있었다.

"허허."

싸움을 지켜보는 방장의 입에서 허탈한 웃음이 흘러 나왔다.

"왜 그러십니까?"

"아둔하구나. 아둔해. 소림이 어쩌다가 이렇게 되었단 말이더냐? 내 불찰이 크구나."

"무슨 언짢은 일이라도 있으신 것입니까?"

원명의 물음에 물끄러미 나한진을 바라보던 방장이 입을 열었다.

"나한들이 잘못된 생각을 가지고 있구나."

"나한들이 말입니까?"

"그래. 부동심을 유지해야 할 시점에서 마음이 흔들리고 있구나. 한 번도 깨진 적이 없는 사 단계의 벽이 자신들 대에서 깨진다는 것이 두려운 게야. 자존심도 상하고."

"허허! 그렇다 한들 지면 아무 소용없는 것이거늘!"

원명이 안타까운 마음에 소리쳤다. 제법 큰 목소리였지만 싸움에 집중하고 있는 나한들의 귀에 그 소리가 들릴 리가 없었다.

"준비시키거라. 나한진이 깨질 때를 대비해야 하느니라."

"아, 알겠습니다."

방장의 말에 원명이 더듬거리며 대답하고는 곧장 분주히 자리를 옮겼다.

여전히 그 자리에 서서 나한진을 바라보는 방장의 눈빛은 안타까움에 흔들리고 있었다.

시간이 흐를수록 마교주는 더욱 팔팔해지는 것 같았다.

움직임은 더욱 경쾌해졌고 뻗어내는 검끝의 예리함은 더욱 날카로워지고 있었다.

하지만 나한진은 계속해서 그 위력이 줄고 있었다. 벌써 쓰러진 나한의 숫자가 열 명이 다 되어 가고 있었다.

아직 백 명에 가까운 나한들이 있었지만 그들의 힘으로 현재의 나한진을 유지하는데 조금씩 무리가 따르고 있었다.

쐐에에엑!

날카로운 파공음이 들렸고 천마검이 정확하게 봉 끝을 찔렀다.

쩌저적!

그에 봉에 금이 가기 시작했다. 비록 목봉이라 하나 그 단단함이 쇠에 못지않으며 나한들의 진기로 인해 어지간하면 금이 가거나 쪼개지는 법이 없었다.

그만큼 그 위력이 약해져 있다는 걸 뜻했다.

씨익!

마교주의 입가에 미소가 번졌다. 나한진이 한계에 가까워 오고 있음을 느낀 까닭이었다.

마교주의 몸에서 더욱 강한 기운이 폭사되었다.

그에 겉으로 드러내지는 않았으나 나한들은 속으로 혀를 내둘렀다. 아직도 자신의 모든 것을 다 보이지 않은 마교주를 보며 질린 것이다.

나한들은 거기에 질 수 없다는 듯 더욱 힘을 냈다.

우우웅!

나한진이 다시 한 번 힘을 내며 묵직한 진동을 만들어냈다. 다시 강해진 압력을 느끼며 마교주는 살짝 인상을 찌푸렸다.

하지만 그렇다고 지금의 기세를 누를 수도 없는 노릇이었다.

화아아악!

천마검을 감싼 검은 기운이 더욱 강하게 불타올랐다. 말 그대로 검에 불이 붙은 것 같은 착각을 일으킬 정도였다.

그러더니 하늘 높은 줄 모르고 치솟던 검은 기운이 이내 줄어드는가 싶더니 단단한 하나의 형태를 띠어가고 있었다.

마치 검 위에 얇은 막을 덧씌운 것 같은 형상. 바로 검강이었다.

검강을 만들어낸 마교주는 그대로 돌진했다.

쏟아지는 봉의 홍수 속에서도 마교주는 눈 하나 깜짝하지 않았다.

큰 움직임을 보이지 않았음에도 신기하게 나한진 속의
봉은 마교주를 정확하게 가격하지 못했다.

이는 마교주의 몸에서 뿜어져 나오고 있는 기운이 봉의
궤적을 조금씩 흐트러뜨리고 있기 때문이었다.

거기에 마교주의 몸을 아주 얇게 형성된 호신강기가 보
호하고 있었으니 이보다 더 견고한 방어막은 있을 수가 없
었다.

그러다 보니 마교주는 더욱 자신 있게 공격을 감행할 수
있었다.

마교주는 거칠 것 없이 검을 휘둘렀다.

어느새 그는 지금까지 꺼내지 않았던 여의제룡검을 마
음껏 펼쳐내고 있었다.

여의제룡검이 무엇인가.

한 시대를 풍미한, 중원 최고의 검사라는 검왕 설백의 검
법이다.

거기에 마교주의 가공할 무위가 더해져 과거보다 더욱
강력한 위력을 뿜내고 있었다.

여의제룡검의 앞에 나한진은 속수무책이었다.

쓰러지는 나한의 숫자가 빠르게 늘어가기 시작했고, 나
한진 안쪽은 완전히 마교주가 장악하고 있었다.

나한진 안에 갇힌 것이 아닌, 오히려 마교주가 그들을 끌

어모아 공격하는 것 같았다.

마교주는 무아지경이라는 말이 딱 맞을 정도로 정신없이 검을 휘두르고 있었다.

여의제룡검의 초식이 펼쳐질 때마다 나한진은 심하게 요동쳤다.

빈틈없이 딱딱 맞춰 움직이던 나한진이 삐걱거리기 시작했고 벌어지지 않던 틈은 어느새 커다란 구멍으로 변해가기 시작했다.

질풍처럼 몰아치던 여의제룡검이 마치 잠시 숨 고르기라도 하듯 느려졌다.

천천히 움직이는 마교주.

나한들은 영문을 몰랐으나 이 기회를 마다할 이유가 없었다.

묵직한 위력을 담아 일제히 마교주를 향해 뻗어가는 봉.

하지만 마교주의 움직임은 다시 빨라질 생각이 없는 듯했다.

지그시 눈을 감은 마교주의 검은 느린 물결처럼 움직였다.

마치 처음 초식을 수련할 때 형(形)을 익히기 위해 천천히 동작을 반복하는 것 같았다.

스스슷!

느리지만 확실하게 날아오는 봉을 훑어가는 천마검. 하지만 거기에는 보기와는 전혀 다른 위력이 담겨 있었다.

천천히 물결치는 여의제룡검 앞에 수십 개의 봉이 그대로 잘려 나갔다.

순식간에 반 토막 난 봉들이 뒤쪽으로 후퇴했고 그 자리를 재빨리 멀쩡한 다른 봉이 채웠다.

그에 반해 마교주는 여전히 눈을 감은 채 여의제룡검을 펼치고 있을 뿐이었다.

나한진의 변화에 맞춰 공격과 수비를 하지 않았다.

그저 여의제룡검을 펼칠 뿐이었고, 그것은 최선의 방어이자 공격이 되고 있었다.

나한진의 봉은 마교주의 여의제룡검을 뚫지 못했다.

속도가 빠른 것도 아니고 빈틈이 없는 것도 아니었다.

하지만 여의제룡검의 초식들은 완벽하게 나한진의 봉을 막아내고 있었다.

스슥!

마교주의 다리가 다시 움직였다.

지금까지는 여의제룡검의 초식에 맞춰 최소한의 움직임만 가져갔다면, 이제는 거기에 보법을 더했다.

보법이 더해지자 여의제룡검의 위력이 더욱 강해졌다.

그뿐만 아니라 초식을 펼치며 움직이는 반경 자체가 넓

어졌다.

이는 마교주가 제어하는 공간이 넓어졌다는 뜻.

그 안에서는 그 어떤 공격도 성공할 수가 없었다.

서거걱!

세 명의 나한이 더 쓰러졌다.

어느덧 쓰러진 나한의 숫자는 열 명을 넘기고 있었고, 그나마 일부 나한들의 봉은 반 토막 나 제 역할을 하지 못하고 있었다.

나한진의 위력은 확 줄어 있었다.

그제야 나한들의 머릿속에 한 가지 생각이 떠올랐다.

'희생이 있더라도 오 단계로 올렸더라면……'

그들의 생각처럼 진작 나한진의 위력을 오 단계로 올렸더라면 희생은 따랐겠지만 마교주를 제압할 수 있었을지도 몰랐다.

사 단계와 오 단계는 한 단계 차이일 뿐이지만 그 위력은 훨씬 큰 차이를 보이기 때문이었다.

쉽게 말해 나한진 사 단계의 위력을 일로 본다면 오 단계는 이가 아닌 삼, 사가 되는 것이 나한진이었다.

하지만 지금에 와서 아쉬워해 봤자 달라지는 것은 아무것도 없었다.

나한진이 깨지든 마교주가 쓰러지든 결과를 내는 것에만

집중해야 했다.

나한들의 집중력이 달라지자 나한진의 위력도 잠시나마 다시 올라갔다.

나한진의 공격이 마교주의 여의제룡검을 뚫고 좀 더 안쪽까지 들어가는 상황이 몇 차례 발생했다.

하지만 여의제룡검이라는 방어막을 뚫었으나 마교주에게 결정적인 타격은 입힐 수 없었다.

그러는 사이 원명은 소림의 무승들 모두를 준비시켜 나한진 주변을 둘러싸고 방어 태세를 구축했다.

방장 역시 뒤쪽으로 물러나 있는 것이 아니라 앞쪽으로 나와 사태를 예의 주시하고 있었다.

뒤늦은 후회와 집중력으로 버티고 있었으나 나한진은 조금씩 깨져가고 있었다.

천천히, 그러면서도 견고하게 여의제룡검을 펼치던 마교주가 눈을 떴고, 그 이후부터는 다시 폭풍처럼 공격을 몰아치기 시작했다.

콰콰쾅!

처음으로 터져 나오는 폭음.

그만큼 마교주의 공격이 강하다는 뜻이었고, 이는 나한진이 더욱 빨리 무너질 수 있다는 신호와도 같은 것이었다.

그것을 증명하듯 나한들의 얼굴 표정이 조금씩 일그러지

기 시작했다.

콰쾅! 콰쾅!

마교주의 천마검이 여의제룡검의 초식에 맞춰 춤을 췄
다.

검에 씌워진 강기막은 점점 더 그 형태가 또렷해졌고 급
기야 검을 매개로 뻗어 나오기까지 했다.

스스슷!

크와아아앙!

천마검에서 검은 용 한 마리가 포효하는 듯한 소리가 터
져 나왔다.

그와 함께 천마검에 맺혀 있던 강기가 불쑥 튀어 나와
주변을 휩쓸었다. 그에 휩쓸린 나한들은 제대로 보지 못했
겠지만 반대쪽에 있던 나한들은 똑똑히 보았다.

동료들을 집어 삼키는 무시무시한 흑룡의 모습을.

나한진 한쪽이 초토화되었다. 그러자 나한진은 완전히
움직임을 멈추었고, 마교주는 그 자리에 우두커니 서 있었
다.

나한들이 보기에 마교주는 사람이 아니었다.

만약 처음부터 마교주가 방금 전과 같은 초식을 썼다면
막아낼 수 있었을까? 하는 생각이 들 정도였다.

마교주가 입가에 진한 미소를 지었다.

처음부터 마교주는 나한진에 무릎 꿇는다는 생각은 조금도 하지 않았다.

그 때문에 처음부터 전력을 다하지 않았다.

처음부터 전력을 다해 깨뜨리면 이들의 기세를 꺾을 수가 없다고 생각했다.

진정한 나한진의 위력이 나오기 전이었다.

제대로 싸웠으면 이길 수 있었다.

이런 일말의 아쉬움이나 희망 같은 것은 남기지 말아야 했다.

그래서 마교주는 나한진의 위력을 '체험'해 보기도 할 겸 그에 맞춰 싸움을 이끌어갔다.

사 단계까지 갔을 때에는 위험하다 싶은 생각도 들었다.

나한들이 후회했듯 위력이 한 단계 더 올랐다면 정말 위험했을지도 몰랐다.

하지만 나한들은 그러지 않았고 그것은 마교주에게 기회가 되었다.

'나한진도 안 되는구나' 하는 생각이 들 때 마교주는 오히려 압도적인 위력을 보여주었다.

이는 백팔 나한뿐만 아니라 소림사 전체를 나락으로 떨어뜨리는 효과가 있었고, 실제로 지금 그들의 분위기는 떨어질 대로 떨어져 있었다.

"크크크… 크하하하하!"

마교주가 하늘을 올려다보며 광소를 터뜨렸다. 기쁨과 통쾌함 등 여러 가지 감정이 뒤섞인 웃음이었다.

나한진이 깨졌을 때에 대비해 방어 태세를 구축했지만 아무도 마교주를 공격할 생각을 하지 못했다.

나한진이 깨졌다면 상대도 그에 맞춰 지치고 힘들어 해야 정상이었다. 하지만 마교주는 오히려 마지막에 더욱 강한 모습을 보여주었다.

이대로 달려들면 죽는다.

죽음의 공포가 그들의 머릿속을 지배하기 시작했고, 그것 외에 다른 생각은 조금도 할 수가 없었다.

'소림을 무너뜨렸다!'

마교주는 그 어느 때보다 자릿한 희열을 만끽하고 있었다. 사전 작업을 해 소림의 힘이 약해지기는 했으나 백팔나한진은 건재했다.

아무리 파고들려 해도 파고들 수 없었던 유일한 부분이 바로 소림의 백팔 나한이었다.

온전한 힘을 유지하고 있던 백팔나한진을 단신으로 깨뜨린 것이다. 그런 만큼 마교주가 느끼는 희열은 겉으로 보이는 것보다 말로 표현하는 것보다 훨씬 더 컸다.

"대단한 시주로군요. 백팔나한진을 깨뜨린 것도 모자라

아직도 그 정도 무위를 보일 수 있다니."

그때 소림 무승들 뒤쪽에서 늙었지만 힘이 넘치는 목소리가 들려왔다. 그에 방장을 비롯해 모든 이가 그쪽을 바라보았고, 그들의 정체를 확인하고는 황급히 길을 터 주었다.

소림 무승들이 만들어준 길을 통해 천천히 걸어 나오는 사람들은 열 명의 고승이었다.

방장과 비슷한 연배로 보이는 그들의 몸에서는 방금 전 상대한 나한들 못지않은 기도가 흘러나오고 있었다. 아니, 오히려 현재 나한들보다 더욱 강력한 기운이 느껴졌다.

'이들은 또 누구란 말인가?'

마교주가 인상을 찌푸리며 속으로 중얼거렸다. 백팔나한진을 깨뜨리고 소림을 완전히 무너뜨렸다고 생각했는데 또 다른 강자들이 나타난 것이다.

소림 방장은 그들 앞으로 다가가 합장과 함께 고개를 숙였다.

그것을 본 마교주의 눈썹이 꿈틀거렸다.

방장이 고개를 숙인다는 건 그보다 윗 배분이라는 뜻이기 때문이었다.

'설마, 저들이…….'

"전대 나한들을 뵙습니다. 당대 방장을 맡고 있는 공진(空眞)입니다."

마교주의 궁금증은 방장의 말로 말끔히 해소되었다.

위험한 순간에 나타난 열 명의 나한. 바로 방금 전 쓰러뜨린 나한들 이전의 나한들이었던 것이다.

백팔 명 중 아직까지 살아 있는, 그야말로 전설인 자들이 바로 그들이었다.

"풍기는 기도나 느낌, 그리고 손에 들고 있는 검을 보니 마교주인 것 같은데. 맞소이까?"

"그렇소."

전대 나한 중 한 명의 물음에 마교주가 짧게 대답했다.

"허허허! 나이가 젊은 듯한데 그 정도 무위라니. 하늘이 내린 재능이거늘 어찌 악행을 저지르시오?"

"악행이라… 내가 하는 일이 어찌 악행이오? 난 그저 마도의 부흥을 위해 내 모든 것을 바쳤을 뿐이오. 자신들과 다르다고 악하다고 보는 것이 더 악랄한 것 아니겠소?"

"허허허! 듣고 보니 그런 것도 같소이다. 하지만 그렇다고 살생을 일삼는 일이 좋은 일은 아니지요."

그렇게 말한 전대 나한들이 마교주 앞으로 다가왔다.

"우리는 당대 나한들에게 자리를 물려주고 숭산 깊은 곳에서 속세를 등지고 살아 왔소이다. 지난번 소림에 큰 일이 있었을 때에도 나서지 않았지. 하지만 이번에는 그냥 넘어갈 수가 없어 이렇게 나서게 됐소. 원래의 규율과 다짐을 깨는 상황이 되었지만 부디 너그럽게 이해해 주었으면 하오."

"얼마든지. 나 역시 소림의 모든 것을 꺾어야 여기까지 온 보람이 있을 테지."

마교주의 말에 전대 나한 중 한 명이 방장인 공진과 패배의 충격에서 헤어 나오지 못하고 있는 당대 나한들에게 말했다.

"우리가 이기든 지든 방장을 비롯한 모든 소림의 일원들은 오늘 일을 거울 삼아 더욱 정진하고 정진해야 할 것이오."

"명심하겠습니다."

방장이 합장과 함께 허리를 굽히자 다른 소림승들도 일제히 합장을 했다.

방장 이하 소림 전체에 당부의 말을 전한 전대 나한들이 마교주 앞에서 진형을 갖추었다. 비록 십팔나한진도 펼치지 못하는 인원이었지만 지난 세월 꾸준히 정진해 온 그들은 결코 무시할 수 없었다.

마교주 역시 백팔나한진을 상대할 때보다 훨씬 진지한 표정으로 자세를 잡았다.

전대 나한들의 실력도 실력이지만 적아를 떠나 훨씬 앞선 선배에 대한 예우 차원이기도 했다.

"모두 물러서거라."

방장의 말에 모여든 소림승들이 일제히 뒤쪽으로 물러섰고 넓은 공간이 만들어졌다. 일촉즉발의 긴장되는 상황. 소림의 운명은 전대 나한들과 마교주의 싸움 결과에 달려 있다고 해도 과언이 아니었다.

긴장감 넘치는 대치가 이어졌다.

나한진과 비교해 넓은 반원을 그리며 서 있는 전대 나한들의 진형은 언뜻 틈이 넓어 보였다.

하지만 그럼에도 마교주가 움직이지 않고 있는 것은 들어갈 수가 없었기 때문이었다. 그 정도로 각각 내뿜는 기운이 빈틈을 빼곡히 채우고 있었다.

'나이를 거저먹은 건 아니군.'

마교주가 속으로 중얼거렸다. 처음 등장할 때부터 느꼈지만 당대 나한들과 비교해 몇 수는 위에 있는 자들이라는 걸 알 수 있었다.

'하지만.'

팟!

결국 먼저 움직인 건 마교주였다.

처음부터 강하게 나가기로 마음먹은 마교주는 천마검에 강기를 덧씌운 채 여의제룡검의 초식들을 쏟아냈다.

위력적인 초식들이 전대 나한들을 덮쳐갔다.

하지만 전대 나한들이 가만히 서서 당할 사람들은 아니었다.

스스스슥!

빠르게 움직인 그들은 각기 들고 있던 봉을 앞으로 겨누었다.

마교주를 중심으로 둥그런 원을 그리고 선 전대 나한들이 봉을 찔렀다. 일부는 찔렀고 일부는 바닥을 훑었으며 나머지는 위에서 아래로 내려찍었다.

완벽한 호흡을 자랑하는 전대 나한들의 반격에 마교주는 온전히 공세를 펼치기가 어려웠다.

하지만 뒤쪽에서도 전대 나한들의 공격이 이어지고 있어 뒤쪽으로 물러서기에도 마땅치 않았다.

터터터터턱!

마교주의 검이 전대 나한들의 봉을 빠르게 쳐냈다.

그렇게 만든 작은 공간을 파고든 마교주는 나한들을 공격하는 것이 아니라 위, 아래, 뒤에서 이어지는 공격들을 막아갔다.

절묘하게 공격을 피하고 막은 마교주는 숨 쉴 틈 없이 움직임을 가져갔다.

전대 나한들은 공간을 내어주지 않으려 할 테니 그전에 공간을 먼저 선점해야 했다.

그러지 않으면 백팔나한진을 상대할 때보다 더 힘들 수 있었다. 그만큼 전대 나한들의 무위는 당대 나한들보다 몇 수는 위였다.

'백팔나한진을 상대하는 게 더 수월하겠군.'

마교주가 그렇게 속으로 중얼거렸다.

언뜻 이해가 가지 않는 말일 수 있겠지만, 그렇게 말한 데에는 전부 이유가 있었다.

백팔나한진은 기본적으로 많은 수의 나한이 기운으로 상대를 압도하고 들어간다. 많은 인원이 휘두르는 봉은 오히려 큰 문제가 되지 않았다.

나한진이 상대하는 적의 숫자가 적으면 적을수록 공격을 할 수 있는 면 자체가 줄어든다.

혼자 나한진 안으로 뛰어든 마교주의 경우 나한진이 공격할 수 있는 면, 다시 말해 방위 자체가 줄어들기 때문에 공격할 수 있는 숫자는 한계가 있을 수밖에 없었다.

하지만 지금의 경우에는 달랐다.

전대 나한의 숫자가 많지 않고 공간이 충분히 확보되어 있기 때문에 훨씬 더 수월하게 협공을 할 수 있었다.

개개인의 무위도 더 높아졌고 협공의 완성도도 높다 보니 마교주로서도 상대하기가 쉽지 않았다.

스스스슷!

전대 나한들의 봉이 살벌하게 휘둘러졌다.

마교주는 더욱 집중력을 높이며 간결하게 검을 휘둘렀다. 그럴 때마다 그의 검에 씌워져 있는 검은 강기는 맹렬하게 불타올랐다.

콰쾅! 콰쾅!

마교주의 검이 봉을 조각낼 듯 휘둘러졌지만 여지없이 전대 나한들의 봉에 막히고 말았다.

꽝!

'큭!'

그러는 사이 전대 나한 한 명이 찌른 봉이 마교주의 등에 강하게 맞았다. 회전력이 더해져 있어 전달되는 통증이 상당했다.

만약 몸을 감싸고 있는 호신강기가 아니었다면 치명상을 입었을지도 몰랐다.

마교주가 사납게 표정을 구기며 몸을 회전시켰다.

빠르게 뒤쪽으로 도는 마교주의 몸을 따라 천마검이 빠르게 돌아 나왔고 원심력을 더한 천마검의 위력은 상당히 위협적이었다.

쐐에에엑!

허공을 찢어발기는 파공음과 함께 천마검이 뻗어 나갔다.

그에 마교주의 등을 찔렀던 전대 나한은 재빨리 뒤쪽으로 몸을 빼냈다.

마교주의 검이 닿지 않을 거리까지 물러난 전대 나한은 재차 공격 준비를 했다. 천마검이 지나가고 다시 회수되는 순간 재차 공격을 하려는 생각이었다.

"욱!"

그 순간, 전대 나한이 두 눈을 부릅뜨며 짧은 신음을 내뱉었다. 그리고 마교주는 입가에 미소를 짓고 있었다.

전대 나한이 물러나는 것을 본 마교주는 천마검에 기운을 더욱 불어 넣었고 천마검에 씌워져 있던 강기가 늘어나며 심장을 꿰뚫은 것이다.

전대 나한이 천천히 뒤로 넘어가는 것을 본 마교주는 곧장 몸을 돌렸다.

다른 나한들이 재차 공격해 오고 있었기 때문이었다.

퍼펙!

조금 늦은 탓에 봉 하나가 마교주의 옆구리를 스치고 지나갔다. 하지만 마교주는 눈 하나 깜짝하지 않고 천마검을 휘둘렀다.

다시 한 번 길게 뻗어나가는 강기.

하지만 방금 전의 한 수를 본 이후라 전대 나한들의 대응도 빨랐다.

뒤로 물러나는 것이 아니라 옆으로 움직여 강기를 피한 전대 나한들이 다시금 봉을 휘둘렀다.

얼굴과 가슴, 그리고 단전을 노리고 찔러 들어오는 봉을 보며 마교주는 옆으로 몸을 틀었다.

픽!

한 박자 늦게 옆에서 찔러 들어온 봉에 다시 한 번 옆구리를 가격당한 마교주는 인상을 찌푸림과 동시에 몸을 비틀었다.

몸을 비틀어 봉을 타고 움직인 마교주는 그대로 천마검을 내리찍었다.

콰직!

그러자 전대 나한의 봉이 그대로 쪼개졌고 그 힘에 나한은 봉을 떨어뜨렸다.

팍!

마교주가 땅을 박차고 달려들었다.

봉을 떨어뜨린 나한은 보법을 펼쳐 간격을 벌리려 했으나 마교주가 조금 더 빨랐다.

품으로 파고든 마교주는 그대로 검을 찔렀다.

그를 제지하기 위해 다른 나한들이 봉을 휘둘렀으나 결과는 달라지지 않았다.

석!

그대로 복부를 가른 천마검의 검끝에서 피가 튀었다.

깊은 상처에서 엄청난 양의 피가 흘러나왔고 나한은 배를 부여잡고는 비틀거리며 물러났다.

퍼퍽!

두 개의 봉이 다시금 마교주의 등을 가격했고, 다른 봉하나가 손목을 노리고 휘둘러졌다.

등을 가격당한 마교주는 그 힘에 몸을 실어 앞으로 튀어나갔고 손목을 노렸던 봉은 허무하게 허공을 갈랐다.

꽝!

마교주는 바닥을 찍은 봉을 발로 힘차게 밟았다. 그 반동에 그 나한은 봉을 놓칠 수밖에 없었고 마교주는 그 틈을 타 다시금 쇄도했다.

두 사람 사이에 세 개의 봉이 나타났다.

하지만 마교주는 강기를 씌운 천마검을 앞쪽으로 어지럽게 휘둘렀다.

쩌저적!

봉 세 개에 금이 갔다. 그리고 그 순간 마교주는 더욱 속도를 높여 돌진했다.

콰직!

금이 간 봉이 그대로 부서지며 사방으로 파편이 튀었다. 몇 개의 파편은 마교주의 얼굴을 스치고 지나가기도 했다.

전대 나한은 급하게 주먹을 쥐고 뻗었으나 성난 기세로 돌진하는 마교주의 진격을 막기에는 역부족이었다.

서격!

"크악!"

마교주의 검이 나한의 팔을 그대로 잘라 버렸다. 죽은 것은 아니지만 전투 불능이 된 나한을 뒤로 하고 마교주는 봉이 부서진 나한들을 향해 다시 검을 뻗었다.

좌우를 종횡무진하며 검을 휘두르자 나한들은 속수무책으로 쓰러졌다.

어느새 마교주의 주변에 남아 있는 전대 나한의 숫자는 반절로 줄어들어 있었다.

하지만 남은 전대 나한들의 표정은 전혀 변화가 없었다.

그만큼 수양이 깊고 마음의 평정을 유지할 수 있다는 뜻이었다.

'대단하군.'

마교주는 진심으로 감탄하고 있었다.

눈앞에서 동료가 죽어나가는 상황을 보면 누구나 마음이 흔들린다. 분노로 표출이 되거나 슬픔이 묻어나거나 어떤 식으로든 겉으로 드러나게 마련이다.

하지만 전혀 그런 것이 없었다.

끝까지 전심전력을 다할 수 있는 마음가짐이라는 뜻. 그런 마음가짐이 가장 상대하기 어려운 것이었다.

까다롭기는 하지만 마교주가 굉장히 유리한 것은 분명한 상황. 여유를 찾은 마교주는 작게 심호흡하며 전대 나한들을 노려보았다.

이제는 정말 끝내야 할 시간이었다.

6장
혼란(混亂)

風神徐門

풍신서윤

　마교주가 소림에 나타났다는 소식을 전해 들은 무당파
는 고심 중이었다.

　소림이 마교주를 이긴다면야 문제가 없겠지만 만약 마교
주가 이기고 소림을 떠나 적의 본진으로 합류하는 것이 아
닌 무당으로 방향을 잡는다면 큰일이었다.

　속히 무림맹으로 떠나 적의 정예를 상대할 것인지 아니
면 본산에 남아 혹시 모를 상황에 대비하는 것이 맞을 것
인지 갈피를 잡을 수가 없었다.

　무당파 장문인인 상청진인의 고민은 깊어질 수밖에 없

었다.

상청진인의 앞에는 무당과 장로들이 굳은 표정으로 앉아 있었다. 어떤 식으로든 장문인이 결정을 내려야 그에 따라 행동할 수 있기 때문이었다.

상청진인도 그런 것을 모르는 바는 아니나 어떻게 해야 할지 좋은 방법이 떠오르지를 않았다.

무림맹에 연락해 제갈공에게 의견을 묻는 것도 생각해 보았으나 그러면 시간이 너무 지체될 수밖에 없었다.

"소림이 마교주를 잡아주길 바라야겠지. 우리는 무림맹 으로 간다. 오히려 마교주가 자리를 비운 이 때가 기회일 수 있다."

오랜 고민 끝에 상청진인이 결정을 내렸다. 그러자 그의 입이 열리기만 기다리고 있던 장로들은 고개를 끄덕이고는 곧바로 자리에서 일어났다.

무림맹으로 출발할 준비는 진작 다 끝난 상황이었기에 떠나기만 하면 될 일이었다.

그때였다.

누군가가 밖에서 황급히 달려오는 소리가 들렸고 잠시 후 대전의 문이 열렸다.

젊은 제자 한 명이 헐레벌떡 달려와서는 떨리는 목소리 로 말했다.

"마교주가 소림을 벗어났다고 합니다!"

철렁!

실제로 들린 소리는 아니었으나 장문인인 상청진인은 물론이고 장로들 마음속에서 묵직한 무언가가 떨어지는 것 같은 느낌이 들었다.

"소림이… 막지 못했단 말인가!"

상청진인의 목소리도 가늘게 떨리고 있었다. 생각하기 싫은 최악의 상황이 만들어진 것이다.

이렇게 되면 마교주의 행보에 따라 무당파의 행동도 달라질 수 있었다. 섣불리 움직여서는 이도저도 안 되는 사태가 발생할 수 있었다.

"하… 어떻게 해야 한단 말인가."

상청진인의 깊은 한숨이 대전 안을 울렸다. 장로들 역시도 지금 이 상황이 믿기지 않는다는 듯 허탈한 표정을 짓고 있었다.

"장문인, 왜 고민을 하시오?"

그때 대전을 찾은 이는 바로 상옥진인이었다. 천부마귀와의 싸움으로 오른팔을 잃은 그는 그간 계속해서 회복에 전념하고 있었다.

"사형."

"장문인, 이건 고민할 일이 아니오."

"고견을 들려주십시오."

상청진인의 말에 상옥진인이 덤덤하게 말했다.

"당연히 무림맹으로 가야 하는 것 아니오? 마교주가 이곳으로 와 무당파를 초토화한다 해도 살아남는 이가 있다면 얼마든 재건할 수 있소. 이곳에 남아 다 죽을 생각이라면 모르겠지만."

"하지만……."

"본산을 지키려고 이곳에 남아 마교주의 손에 죽는 것보다는 조금이라도 희망을 가져볼 수 있는 것을 하는 것이 맞다고 생각하오."

상옥진인의 말을 상청진인은 가만히 듣고 있었다. 그의 말처럼 우선은 적의 본진을 막고 당장의 위기를 넘기는 것이 옳은 듯했다.

정도 무림 자체가 무너진다면 무당파의 재건 역시 이뤄질 수 없는 일이기 때문이었다.

"감사합니다. 사형 덕분에 머리가 맑아진 느낌입니다."

상청진인의 말에 상옥진인은 미소를 지었다.

"무림맹으로 간다. 모두 다 서둘러 출발하도록."

상청진인은 무당파 내에 한 명도 남겨두지 않을 생각이었다.

장문인의 명령이 떨어졌다. 그렇다면 더 이상 머뭇거릴

필요가 없었다.

장로들은 곧장 대전을 빠져나가 무당파 내에 있는 모든 제자들을 불러 모았다.

*　　　*　　　*

소림에서 마교주가 무사히 나왔다는 소식은 무림맹에도 전해졌다. 소림이 그를 막아주길 바랐던 제갈공과 후개는 깊은 한숨을 내쉬었다.

함께 올라온 보고로는 소림이 멸문지화까지는 입지 않았다고 하지만 앞으로의 싸움에 나서기 어려운 상황이 되었다.

싸울 수 있는 사람은 있다지만 전의가 바닥을 치는 상황에서 제대로 싸울 수 있을 리가 없었다.

남은 것은 무당과 무림맹. 거기에 올라오고 있는 서윤과 의협대 뿐이었다.

턱없이 부족한 전력. 이렇게 생각해 보고 저렇게 생각해 봐도 뾰족한 수가 없었다.

"운도 다한 모양입니다."

"그런 말씀 마십시오."

제갈공의 말에 후개가 고개를 저으며 말했다. 절대적으

로 불리한 상황인 것은 맞지만 그렇다고 이대로 포기할 수는 없었다.

전세라는 것은 기세를 타면 한없이 올라가지만 반대로 어느 하나 때문에 확 꺾이기도 하는 법이다.

마교주가 몸소 보여주지 않았는가.

모두의 눈을 속이고 홀로 소림에 가 무리한 싸움을 벌였다.

만약 마교주가 패했다면 전세는 정도 쪽으로 확 기울었겠지만 홀로 소림을 꺾으면서 기세를 마도 쪽으로 가져왔다.

마교주가 한 것처럼 기세를 이어갈 수 있는 무언가가 정도 쪽에도 만들어낼 수 있다면 충분히 뒤집을 수 있다는 것이 후개의 생각이었다.

하지만 그 무언가가 지금 당장 생각나지 않는다는 것이 문제였다.

"군사님!"

두 사람의 분위기가 한없이 무거워지고 있을 때 밖에서 소리가 들렸다.

이내 문이 열리고 들어온 사람은 청운각의 무인이었다.

"무슨 일이더냐?"

"무당이 무림맹으로 출발했다고 합니다."

"무당이?"

"예."

제갈공은 예상 밖이라는 생각을 했다. 오긴 올 것이라 생각했지만 소림이 쓰러지고 마교주의 다음 목적지가 무당이 될지도 모르는 상황에서 선불리 움직이지 못할 것이라 생각했기 때문이었다.

"마교주의 행적은 찾았느냐?"

"숭산을 내려온 뒤부터 다시 확인이 안 되고 있습니다."

"신출귀몰이군. 어떻게 해서든 찾아라. 무당이 이곳으로 오다가 화를 입을지도 모를 일이다. 그것만큼은 막아야 한다."

"알겠습니다."

청운각 무인이 밖으로 나갔다.

"무당이 큰 결단을 내린 것 같습니다."

"그러게 말이오."

후개의 말에 제갈공이 고개를 끄덕였다.

"무당 입장에서도 차라리 나은 선택일지도 모릅니다. 본산에 틀어박혀 마교주를 상대한다면 다 죽을지도 모르지만 무림맹에 합류한다면 훗날을 도모할 수 있으니 말입니다."

"그렇지요. 그래도 좀 더 고민할 줄 알았는데 상청진인께서 빠르게 결정을 내리신 모양입니다."

"문제는 마교주입니다. 이렇게 된 이상 차라리 본진으로 합류하길 바라야겠군요. 아니면 제법 큰 부상이라도 입었길 바라든가."

후개의 말처럼 제갈공은 마교주가 소림을 상대하며 제법 큰 부상을 입었길 간절히 바라고 있었다.

*   *   *

숭산을 내려온 마교주는 최대한 은밀하게 움직였다.

분명 자신의 행적을 찾기 위해 혈안이 되어 있을 터. 그들의 이목을 속여야 혼란을 가중시킬 수 있었다.

은밀하게 숭산을 벗어난 마교주는 이목이 닿지 않을 곳으로 이동했다.

숭산에서 멀지 않은 곳에 있는 얕은 야산으로 올라간 마교주는 주변을 두리번거리며 무언가를 찾았다.

그런 그의 눈에 허름한 사당 하나가 보였다.

지금은 사용하지 않는 곳인 듯 음산한 분위기가 물씬 풍기는 곳이었다.

마교주는 사당 안으로 들어가서는 곧장 가부좌를 틀고 앉았다. 심각한 정도는 아니었지만 그 역시도 제법 내상을 입은 상태였다.

전대 나한들이 마지막까지 포기하지 않고 끈질기게 마교주를 물고 늘어진 탓에 내상을 입지 않을 수가 없었다.

가부좌를 튼 마교주는 곧장 내상 치료를 위해 운기에 들어갔다. 빠른 회복이 필요한 시점이었다.

마교주가 다시 눈을 뜬 것은 두 시진이 꼬박 지난 뒤였다.

한결 개운해진 표정으로 눈을 뜬 마교주는 숨을 죽인 채 바깥의 상황을 살폈다. 인기척이 느껴지지 않는 것으로 보아 아직 자신이 이곳에 있다는 것을 들키지 않은 것 같았다.

밖에 아무도 없음을 확인한 마교주가 조심스럽게 사당 문을 열고 밖으로 나왔다.

날은 완전히 어두워져 있었다. 이럴 때가 오히려 행적을 들키지 않고 움직이기에 좋았다.

잠시 주변을 한 번 더 살핀 마교주가 방향을 잡고는 바람처럼 사라졌다.

제갈공과 후개의 우려와 달리 마교주는 호남성 초입에 있는 마도 본진으로 합류했다. 날이 밝자마자 마교주가 도착하자 여인이 곧장 그가 쉴 수 있는 곳으로 안내했다.

"가셨던 일은 잘 되신 모양이네요."

"힘들었지. 소림은 소림이더군."

마교주의 말에 여인이 그의 뒤로 다가가 어깨를 주물렀다. 그에 마교주는 지그시 눈을 감고 그것을 만끽했다.

"무당과 무림맹은?"

"무당은 곧장 무림맹으로 향했다고 합니다."

"무림맹으로?"

"네."

여인의 대답에 마교주가 인상을 찌푸렸다. 마교주가 몰래 움직여 소림에 간 이유는 두 가지였다.

하나는 말 그대로 소림의 전력을 이번 싸움에서 완전히 배제시키기 위함이었다. 그리고 그 목적은 충분히 달성한 상태였다.

두 번째 이유는 적들에게 혼란을 주기 위함이었다. 자신이 갑자기 소림에 나타나면 당황할 것이고 행보에 촉각을 곤두세울 것이다.

게다가 앞으로 어떻게 움직일지 예측할 수 없을 테니 곧바로 움직이기도 어려울 것이었다.

그렇게 하여 그들이 한데 뭉치는 것을 막고 전력을 약화시키려는 목적이었던 것이다.

"아주 무능한 자들은 아니었군."

"적이지만 무시할 자들은 아니지요."

"그렇긴 하지. 뭐, 괜찮아. 소림의 발을 묶은 것만으로도 충분하니까. 이제 슬슬 다시 움직여야지?"

"오늘은 좀 쉬세요. 말씀하신 대로 소림의 발을 묶었으니까요."

"그러지."

그렇게 말한 마교주가 침상 쪽으로 다가가 그대로 드러누웠다. 그러자 여인은 말없이 마교주의 천막 밖으로 나갔다.

소림에서의 일전이 확실히 힘들긴 했는지 마교주는 하루를 꼬박 쉬었다. 잠도 자고 운기도 하며 천막 밖으로 나오지 않았다.

그러는 사이에도 마교 본진은 최후의 일전을 위한 준비가 한창이었다. 분위기가 나쁘지 않았지만 그렇다고 자만하는 모습은 보이지 않았다.

하루를 푹 쉰 마교주는 기분 좋은 미소와 함께 천막을 나왔다. 그러자 근처에 있던 여인이 서둘러 다가왔다.

"잘 쉬셨나요?"

"그래. 오랜만이군, 이렇게 푹 잔 것이. 전장에서 이렇게 푹 자다니."

그렇게 말하며 마교주가 실소를 흘렸다.

"서윤은?"

"호남성 초입에 들어섰다고 합니다."

"그래? 그럼 우리도 서둘러 출발해야겠군."

마교주의 말에 그를 빤히 바라보던 여인이 말했다.

"무림맹으로 합류할 무당파보다 그자를 더 신경 쓰시는 것 같습니다."

"무당파? 그들이 무림맹과 합류하든 말든 그건 내 알 바 아니지. 어차피 대세에 지장을 주지 않으니까."

"그럼 그자는 대세에 지장을 준다는 뜻인가요?"

"물론이지. 많이 컸거든. 영향력이라는 게 생겼지. 희망이라는 게 그래서 무서운 거야. 희망이 존재하는 한 사람들은 의지를 꺾지 않지. 무당파? 무당파가 무섭지 않은 건 상옥진인의 부재 때문이지. 무당파에 마지막 희망 따위는 존재하지 않아. 그들에게 있어서 지금 이 싸움은 최후의 발악일 뿐. 그나마도 정도라는 큰 틀 안에 서윤이라는 존재가 있으니 버티고 있는 거야."

"그럼 진작 처리하지 그러셨어요?"

여인의 말에 마교주가 그녀를 바라보았다. 그러고는 미소를 지은 후 말했다.

"그럼 재미가 없잖아."

그렇게 말한 마교주가 뒷짐을 진 채 앞으로 걸어 나갔다.

본진에 있는 마교 정예들은 출진 준비를 모두 마친 듯 마교주의 입에서 출발 신호가 떨어지기만 기다리고 있었다.

사기도 하늘을 찌를 듯해 긴장하는 모습 보다는 앞으로의 싸움이 기다려진다는 듯한 표정들이었다.

그것을 보니 마교주 역시 흐뭇할 수밖에 없었다.

패할 것이라는 생각은 조금도 하지 않고 있었다. 이기는 것은 당연한 것이고 가까스로 이기느냐 아니면 압도적으로 이기느냐의 차이일 뿐이라고 생각하고 있었다.

이왕이면 압도적으로 이기는 것이 여러 모로 좋았다. 그래야 다시 일어설 수 있을 것이라는 희망을 가지고 끝까지 저항하는 귀찮은 일을 방지할 수 있기 때문이었다.

"좋군. 서둘러 준비를 마치도록. 출진이다."

"그렇게 전하겠습니다."

마교주의 말에 뒤따르던 여인이 고개를 숙이며 대답하고는 사뿐사뿐한 걸음으로 자리를 떠났다.

"싹 죽여놔야겠지."

명령을 전달 받은 마교도들이 분주하게 출발 준비를 하는 것을 보며 마교주가 나직이 중얼거렸다.

＊　　　＊　　　＊

서윤과 의협대는 호남성에 들어선 이후 딱 하루의 휴식을 취했을 뿐 계속해서 무림맹을 향해 달리고 있었다. 아직까지 적들과 충돌이 벌어지지 않았다는 것을 다행스럽게 생각하며 무림맹으로 향하던 그들에게 청천벽력 같은 소식이 전해졌다.

서윤과 의협대를 기다리고 있던 개방도로부터 전해진 소식에 의협대 전부는 충격을 금치 못했다.

특히나 부대주인 천보가 받은 충격은 다른 이가 받은 충격보다 훨씬 더 컸다.

"소림이… 졌단 말입니까?"

듣고도 믿지 못할 말에 천보의 목소리는 심하게 떨리고 있었다.

"예. 그렇습니다."

소식을 전한 개방도는 마치 자신이 죄를 지은 것처럼 고개를 들지 못했다.

"알겠습니다."

천보는 더 이상 묻지 않고 대원들이 있는 쪽으로 터벅터벅 발걸음을 옮겼다. 천보가 다가오자 다른 대원들은 그의 곁에서 위로의 말을 건넸다.

하지만 천보의 귀에는 그 어떤 말도 들리지 않았다.

"자세히 얘기해 주십시오."

충격이 심한 듯 보이는 천보를 걱정스러운 눈빛으로 바라본 서윤이 개방도에게 물었다.

"본진과 함께 있는 것으로 생각 되었던 마교주가 갑자기 불쑥 소림에 나타났습니다."

"혼자서 말입니까?"

"예. 혼자 나타났습니다. 그에 백팔 나한들이 모두 나섰지만 마교주를 꺾지는 못했다고 합니다."

서윤의 표정이 딱딱하게 굳었다. 백팔 나한들이 모두 나섰다면 분명 백팔나한진을 펼쳤을 터. 그런데도 마교주 한 명을 이기지 못했다는 건 상당한 충격이었다.

"그럼 현재 소림의 상황은 어떻습니까?"

"백팔 나한 외에 다른 피해는 거의 없습니다만, 봉문에 가까운 상황이라고 보시면 될 듯합니다."

"후……"

최악의 상황은 면했으니 불행 중 다행이라 할 수 있었지만 앞으로의 일을 생각하면 치명타였다.

"마교주는 멀쩡하다고 합니까?"

"내상이 있는지는 모르겠지만 소림을 나설 때에는 멀쩡

했다고 합니다. 숭산을 내려온 다음에는 또다시 종적이 묘연하지만 본진으로 합류하지 않았을까 추측하고 있습니다."

개방도의 말을 들은 서윤은 고개를 끄덕이고는 다시 천보 쪽으로 시선을 돌렸다. 충격에서 헤어 나오지 못한 천보는 멍한 표정을 짓고 있었고 대원들은 그의 주변에서 이러지도 저러지도 못하고 걱정스러운 표정만 짓고 있었다.

"적의 본진은 어떻게 됐습니까?"

"며칠 움직이지 않는 것 같더니 다시 움직이기 시작했다고 합니다. 워낙 규모가 많아 적당히 나눠서 서로 다른 경로를 통해 무림맹으로 향하고 있는 것으로 압니다."

그 말에 서윤은 눈살을 찌푸렸다. 다 같이 모여 한 길로 온다면 어떤 식으로든 중간에 방해를 할 수 있겠지만 나눠서 서로 다른 길로 온다면 꼼짝없이 그들의 집결지인 무림맹에서 싸워야 하기 때문이었다.

"알겠습니다. 저희도 서둘러 움직이겠습니다."

"예. 혹시나 또 다른 소식이 있으면 알려드리겠습니다."

"감사합니다."

서윤의 인사에 고개를 숙인 개방도가 다시 돌아갔다. 그에 서윤은 조심스럽게 천보에게 다가갔다.

서윤이 다가오자 대원들은 둘이 대화를 나누도록 자리

를 비켜 주었다.

"괜찮으십니까?"

"예? 아, 예."

천보가 넋이 나간 표정으로 대답했다. 하지만 얼굴이 하얗게 상기된 것이 괜찮지 않아 보였다.

"백팔 나한이 당한 것 외에 큰 피해는 없었다고 합니다. 그러니 너무 걱정 마십시오."

"예……."

서윤이 천보를 안쓰럽게 바라보았다. 지금 심정이 어떨지 누구보다 잘 아는 서윤이었다. 그간 숱한 위기를 넘기면서도 크게 흔들림이 없었던 천보였지만 사문으로부터 들려온 비보에는 어쩔 수 없었다.

"적들이 다시 무림맹으로 향하기 시작했다고 합니다. 그 싸움에서 이겨야 소림도 다시 일어설 수 있을 겁니다. 그러니 힘들겠지만 조금만 더 기운 내십시오."

"알겠습니다."

그래도 다른 큰 피해는 없다는 얘기에 조금 안심이 되었는지 멍하던 그의 표정도 약간 풀려 있었다.

"일 각 정도만 더 쉬고 출발하겠습니다."

천보의 어깨를 다독여 준 서윤이 대원들에게 말했고 대원들은 저마다 그늘 밑을 찾아 들어가 휴식을 취했다.

홀로 한쪽에 자리 잡은 천보의 표정은 착잡함 그 자체였다.

"어서 오십시오. 먼 길 오시느라 고생이 많으셨습니다."

"더 빨리 왔어야 하는데 늦었습니다."

상청진인의 말에 제갈공이 고개를 저었다. 오는 동안 무슨 일이 있지 않을까 걱정했으나 다행히 무당파를 떠난 모두가 무사히 무림맹에 도착할 수 있었다.

"오랜만에 뵙습니다, 장문인."

"아, 후개. 오랜만이오."

후개의 인사에 상청진인도 가벼운 목소리로 그의 인사를 받았다.

"상옥진인께서도 오셨습니까?"

후개의 물음에 상청진인은 씁쓸한 표정으로 고개를 저었다. 상옥진인만 생각하면 마음이 아픈 상청진인이었다.

"방해가 된다면서 그냥 무당파에 남으셨소. 한사코 말리셨지만 그래도 시중 들 사람은 필요할 것 같아서 제자 몇 명 남겨두고 나머지는 모두 이곳으로 왔소이다."

"그렇군요."

후개가 아쉽다는 듯 고개를 끄덕였다. 비록 상옥진인의 상태가 직접 전투에 참가할 수 있는 상태는 아니라 하나 그 한 명의 존재감은 여러 모로 큰 힘이 될 터였다.

"황보가와 팽가, 남궁가에서는 아직 소식이 없소?"

"아직 없습니다. 싸움이 시작되기 전에 도착하면 좋으련 만……."

제갈공이 안타깝다는 표정을 지으며 말했다. 비록 마교주의 돌발 행동으로 예정보다 지연이 되었다고는 하지만 아직도 시간이 촉박했다.

"그래도 의협대가 오고 있으니 일단은 다행이지 않겠습니까?"

"의협대라면… 그 권왕 선배의 제자가 이끄는?"

"맞습니다."

후개의 대답에 상청진인이 의문이 가득 담긴 시선으로 후개를 바라보았다. 서윤에 대한 이야기는 많이 들어 알고 있었다. 하지만 과연 그 한 명의 존재가 큰 힘이 될지는 미지수였다.

"소문이야 많이 들어 알고 있지만 진짜 실력을 본 적이 없어 얼마나 힘이 될지 가늠이 되질 않는구려."

상청진인의 말에 후개가 미소를 지으며 말했다.

"마교주에 대항해 우리가 내놓을 수 있는 최고의 패입니다."

"그 정도요?"

"그렇습니다. 전대 마교주와 궁마존을 이긴 것이 결코 우연은 아니지요."

"궁마존? 설마 내가 아는 그 궁마존이 맞소?"

궁마존이라는 말에 상청진인이 깜짝 놀랐다. 궁마존은 그도 잘 아는 마교 최고수 중 한 명이기 때문이었다.

"예. 최근에 궁마존과 한 판 붙었고 멀쩡히 살아서 이곳으로 오고 있습니다."

"허허. 직접 보지 않아도 그 실력을 짐작할 수 있을 것 같소."

궁마존을 이겼다는데 더 이상 할 말이 무엇이 있겠는가. 이렇게 되니 상청진인도 얼른 의협대가 돌아오길 바랄 수밖에 없었다.

"일단은 쉬십시오. 여독을 푸셔야 앞으로 힘을 내실 것 아니겠습니까?"

"그러겠소. 필요한 일이 있으면 언제든 불러주시구려."

"예."

제갈공의 말에 상청진인이 집무실을 나섰다.

상청진인이 나간 뒤 제갈공과 후개의 표정은 썩 나쁘지 않았다.

그래도 무당파가 함께하니 마음이 든든하기는 했다.

"이제 운만 조금 더 우리에게 들어온다면 좋으련만."

"누군가 그러더군요."

제갈공의 말에 후개가 미소를 지으며 말했다. 그에 제갈공은 무슨 소리냐는 듯 그를 쳐다보았다.

"간절히 원하면 온 우주가 나서서 도와준다고."

"허허. 누가 그런 얘기를 하더이까?"

"어떤 높으신 분이 그랬다는데 저도 들은 얘깁니다."

"하하하! 정말 그렇게 됐으면 좋겠구려."

후개의 말에 크게 웃으며 말하는 제갈공의 목소리에는 그런 허망한 얘기라도 붙잡고 싶을 만큼의 간절함이 묻어나고 있었다.

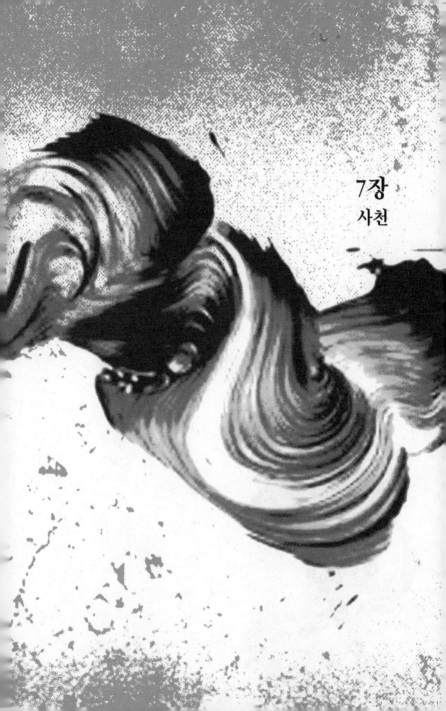

7장
사천

風神徐閣

풍신서윤

황보진원과 팽도웅의 얼굴에는 지친 기색이 역력했다. 이는 그들이 이끄는 세가 무인들도 마찬가지였다.

사천에 들어선 지 벌써 보름째.

하지만 쉴 새 없이 나타나는 적들 때문에 제대로 쉬어본 적이 없었다.

당가가 배신하여 희망이 없는 사천이긴 하지만 그렇다고 포기할 수도 없었다. 청성과 아미가 그리 호락호락한 문파들도 아니고 당호엽의 말처럼 무너졌을 것이라 생각하기는 어려웠다.

큰 타격을 입어 웅크리고 있을지는 몰라도 멸문하거나 적과 손을 잡았다고 생각하기는 어려웠다.

물론, 당호엽의 말이 사실이라면 상당히 위험해지겠지만 이래도 위험하고 저래도 위험하다면 눈으로 확인이라도 해야겠다는 것이 두 가주의 생각이었다.

"조금만 더 가면 청성산이오."

"청성산까지 오는 것도 이렇게 힘든데 아미산까지는 어떻게 갈지 벌써부터……"

팽도웅은 말도 제대로 끝맺지 못했다. 그만큼 지금의 상황이 너무 열악했다.

사천의 지형은 험악했다.

황보가나 팽가가 있는 곳의 지형과 비교하면 정반대라고 할 수 있었다.

낯선 지형에서 적과 싸우며 앞으로 나아가다 보니 평소보다 체력 소모 등이 훨씬 심했다. 거기에 부상자까지 챙기며 이동하다 보니 그들의 체력과 정신력은 한계에 다다르고 있었다.

더 큰 문제는 따로 있었다.

바로 청성파가 있는 청성산까지 가기 위해서는 당가가 버티고 있는 성도를 지나가야 한다는 점이었다.

적진 한가운데를 지나가야 한다는 뜻. 부담이 되지 않을 수가 없었다.

"제대로 쉴 곳을 찾아봐야 할 것 같소."

황보진원의 말에 팽도웅도 고개를 끄덕였다. 며칠째 계속 전투와 노숙을 반복한 탓에 이런 상황이 계속 반복된다면 그전에 다들 쓰러져 버릴지도 몰랐다.

"머지않은 곳에 간양(簡陽)현이 있소. 그곳에 들르는 게 좋겠소."

"그러지요."

각 현에는 어쨌든 관아가 있고 관군이 존재했다. 그렇다고 해서 안전이 보장되는 것은 아니지만 상대적으로 편히 쉴 수 있는 여건은 된다고 볼 수 있었다.

"조금만 더 힘들 내라! 곧 현에 도착하니 그곳에서 쉬어가자!"

팽도웅이 자리에서 일어나며 세가 무인들을 향해 소리쳤다. 그에 팽가 무인들이 도에 의지해 힘겹게 몸을 일으켰다.

황보가 무인들도 황보진원이 따로 얘기 하지 않았지만 서로가 서로를 잡아주며 일어났다. 떨어지지 않는 발을 억지로 떼며 그들의 행보는 계속되었다.

반나절도 안 걸릴 거리였지만 속도가 워낙 더뎠던 탓에

간양현에 도착한 것은 반나절이 훌쩍 지난 후였다. 제법 큰 현이라 객점을 찾는 것은 어렵지 않았지만 밤이 깊어진 상태라 남는 방이 있을지가 걱정되었다.

다행스럽게도 객점 두 곳에 나눠 들어가야 했지만, 모두가 쉴 수 있는 방을 구할 수 있었다.

황보가와 팽가는 각기 다른 객점으로 들어갔다.

세가 무인들은 방에서 푹 쉬도록 하고 두 가주만 잠시 휴식을 취한 뒤 다시 모이기로 했다. 이제 성도를 지날 때 생길 위험에 대비해 계획을 세워 놔야만 했다.

객점으로 들어가고 한 시진이 흘러 인시 초가 되었을 때, 황보진원이 팽도웅의 방을 찾았다.

잠깐 눈을 붙였는지 팽도웅의 눈은 새빨개진 상태였다.

"날이 밝은 다음에 올 걸 그랬소."

"괜찮소이다. 그래도 조금 잤다고 정신이 맑아지는 느낌이오."

팽도웅의 말에 황보진원이 미소와 함께 고개를 끄덕였다.

"앞으로가 걱정이오."

"아직도 믿기지가 않소이다. 당문이 돌아섰다니."

팽도웅이 고개를 저으며 말했다. 하지만 황보진원의 계속된 이야기에 믿지 않을 수가 없었다.

게다가 이곳 간양현까지 오면서 몇 차례고 독인의 공격을 받았고 이곳에 온 후에도 당가와 관련된 이야기를 들어 당가가 배신했다는 것이 확실시된 상황이었다.

"나도 그렇소. 어찌 당가가……."

"후……."

두 사람이 표출하는 답답한 마음이 방 안을 가득 메웠다.

"어쨌든 이미 벌어진 일이오. 어찌하겠소? 청성과 아미라도 무사하길 바라는 수밖에."

황보진원의 말에 팽도웅도 고개를 끄덕였다.

"당가는 성도의 중심부에 있소. 외곽으로 돌아서 가면 큰 문제가 되지 않을 것도 같은데."

"차라리 성도 한가운데를 가로질러 가는 게 더 안전하지 않겠소? 관군도 있고 사람들도 많으니 대놓고 일을 벌이지는 못할 것 같은데."

"만약 당가가 그런 것 신경 쓰지 않고 일을 벌인다면 더 위험해질 수 있소."

황보진원과 팽도웅의 의견이 달랐다. 두 사람 모두 입을 굳게 다문 채 어떻게 하는 것이 좋을지 골똘히 생각하고 있었다.

"그럼 여기서 둘로 나누는 건 어떻겠소?"

황보진원의 말에 팽도웅이 고개를 갸웃거리며 그를 쳐다보았다.

"우리 황보가가 성도를 지나가겠소. 그렇게 해서 시선을 끌 테니 팽가가 성도 외곽으로 돌아서 청성산으로 가시오."

"괜찮겠소?"

팽도웅이 걱정스러운 표정으로 물었다. 성도 한가운데로 지나간다면 십중팔구 당가와 충돌할 것이다. 황보가와 팽가가 온전한 전력이라면 모를까 완전하지 않은 상태라 굉장히 위험할 수 있었다.

그런데 황보가가 미끼를 자처하니 팽도웅이 걱정하는 것도 무리는 아니었다.

"확률을 높이기 위함이오. 둘 중 하나는 살아야 하니까."

"후……."

팽도웅이 깊은 한숨을 쉬었다. 따지고 보면 그나마 상황이 조금 더 나은 쪽은 황보가였다. 그렇기 때문에 황보진원이 자진해서 미끼가 되겠다고 한 것이다.

그런 것을 잘 알고 있기에 미안한 마음에 선뜻 그렇게 하자고 말하기가 어려웠다.

"너무 깊게 고민하지 마시오. 아까 말한 것처럼 오히려 외곽으로 돌아가는 게 더 위험할 수도 있으니."

황보진원이 팽도웅의 마음을 조금 덜어주고자 가볍게 한

마디 툭 던졌다.

"그렇게 하겠소. 부디 조심하시오, 황보가주."

"조심하시오, 팽가주."

두 사람이 서로의 안부를 걱정해 주며 손을 맞잡았다.

*   *   *

묘시 말이 되자 팽도웅이 팽가 무인들을 모두 준비시켰다. 완전히 눈에 띄지 않을 수는 없겠지만 최대한 당가의 시야에서 벗어나기 위해서는 조금이라도 이른 시간에 움직이는 것이 좋았다.

황보가는 팽가가 출발하고 한 시진 후에 출발하기로 했다. 완전히 날이 밝고 사람들이 활동을 시작할 시간이었다.

채비를 마친 팽도웅에게 황보진원이 다가왔다.

황보가 무인들은 아직 잠을 청하고 있었지만 황보진원은 그들을 배웅하기 위해 일찍 나온 것이다.

"좀 더 주무시지 그러셨소."

"괜찮소. 준비는 다 끝난 것이오?"

황보진원의 말에 팽도웅이 준비를 끝낸 후 대기하고 있는 세가 무인들을 돌아보며 고개를 끄덕였다.

"건투를 빌겠소."

"무운을 비오."

서로에게 마지막 행운을 빌어 준 뒤 팽도웅이 세가 무인들을 이끌고 출발했다. 그것을 보는 황보진원의 마음은 많이 무거웠다.

황보진원은 굳은 표정으로 무인들을 이끌고 성도를 향해 가고 있었다.

세가 무인들 역시 잔뜩 주변을 경계하며 무거운 발걸음을 내딛고 있었다.

간양현에서 성도까지는 이틀이 채 안 걸리는 거리.

황보가는 일부러 관도로 걷고 있었다. 최대한 충돌을 피하고자 하는 생각 때문이었다.

아무리 당가가 돌아섰다 하더라도 일반인도 있는 곳에서 일을 벌이지 않을 것이라는 생각이었다.

성도에도 일반인이 있겠지만 거기서는 이야기가 달라질 수밖에 없었다.

당가 주변에는 당가타라 불리는, 당가의 영향력 안에 있는 거대한 마을이 있고 성도의 상당 부분이 당가타에 속해 있기 때문이었다.

그냥 성도 전체가 당가의 영향력하에 있다고 보는 것이 정확한 표현이었다.

간양현을 출발하고 하루가 지났다.

밤이 되고 관도에서 멀리 떨어지지 않은 곳에 자리 잡은 황보가는 노숙을 했다.

아무리 무인이라지만 노숙은 힘든 법.

다음 날 아침이 되었을 때 그들의 얼굴에는 피로가 잔뜩 묻어 있었다.

하지만 그렇다고 시간을 지체할 수도, 피할 수도 없었다.

이제 반나절 정도만 더 가면 성도. 적진 한가운데로 들어가게 되는 것이다.

일어나자마자 간단히 운기로 피로를 몰아낸 황보가는 성도로 발걸음을 옮겼다. 전날보다 훨씬 더 긴장한 표정이었다.

그리고 약 반나절 후.

황보가 무인들은 사천성 성도에 입성했다.

성도의 분위기는 무거웠다.

사람들로 북적이기는 했으나 어딘지 모르게 다들 표정이 어두웠다.

거기에 많은 수의 황보가 무인이 나타나자 시선이 쏠리며 잔뜩 경계하는 모습을 보였다.

무림인이 아닌 사람들이 경계심을 드러내고 있으니 적응

이 안 되는 건 황보진원을 비롯한 황보가 무인들이었다.

'아무리 당가의 영향력이 크다 한들 이렇게나 대놓고……'

황보진원은 인상을 찌푸렸다. 이곳 성도의 모든 사람이 자신을 감시하는 것 같은 기분이었다.

'괜히 성도를 지나겠다고 했나?'

같은 상황이 돌아와도 똑같은 결정을 내렸겠지만 후회가 되는 건 어쩔 수 없었다.

이대로라면 성도에 입성하자마자 큰 화를 입을 수도 있겠다 싶었다. 그나마 조금 다행인 점이라면 성도 곳곳을 관군들이 순찰하고 있다는 점이었다.

암묵적으로 불가침 조약이 있다고는 하지만 일반인이 휩쓸린다면 그때는 관군도 손 놓고 지켜보고만 있지는 않을 터였다.

실제로 황보가 무인들에게 경계심을 드러내던 사람들도 관군이 보이면 슬쩍 고개를 돌리고 자리를 피했다.

'그나마 다행이군. 문제는 당가타인데……'

조금만 더 지나가면 당가타가 나온다. 그곳은 관군의 영향력보다 당가의 영향력이 훨씬 강한 곳. 관에서도 당가타는 일반인이 아니라 무림 세력으로 보고 있기 때문이었다.

실제로 당가타에 있는 사람들 중에는 무공을 익히고 있는 사람들도 제법 있었다.

"다들 긴장하도록. 곧 당가타다."

황보진원의 낮고 굵은 목소리가 들리자 황보가 무인들의 표정이 바뀌었다. 지금까지도 긴장을 많이 하고 있었지만 더 집중하는 모습이었다.

당가타가 가까워질수록 주변 분위기부터가 달라지고 있었다. 당가타 한가운데를 지나 곧장 직진하면 당가가 나온다.

황보가 무인들은 당가타로 들어가 중간에 경로를 바꿔 당가 바깥쪽으로 돌아서 지나갈 예정이었다.

문제는 그전에 당가와 싸움이 벌어지는 상황이었다.

당가는 독뿐만 아니라 암기에도 일가견이 있는 곳이라 당가타 전체가 거대한 기관진식처럼 작동할 수도 있었다.

"당가타에 들어가면 속도를 높여 달린다. 암기가 날아올지도 모르니 대비하도록. 싸움은 최소화하고 뚫고 지나가는 것에 중점을 둔다."

황보진원이 마지막으로 세가 무인들에게 계획을 전달했다. 그러는 사이 황보가는 당가타에 들어섰다.

"달려!"

황보진원의 말이 떨어지기가 무섭게 황보가 무인들이 앞

으로 치달렸다. 무기가 없고 짐이 없기에 걸리적거리는 것 없이 수월하게 달릴 수 있었다.

갑자기 등장한 이들이 쏜살같이 달리자 당가타 사람들은 무슨 일인이 어리둥절해했다.

하지만 이내 그들이 황보가 사람들이라는 걸 알아차렸는지 분주하게 움직이는 게 느껴졌다.

빠르게 달리느라 주변의 상황을 눈으로 정확히 파악하기 어려운 상황이었음에도 그들이 공격 준비 중이라는 것을 알 수 있을 정도였다.

슈슈슈슈슉!

역시나 당가타에 진입한지 얼마 되지 않아 사방에서 암기가 날아왔다.

가늘고 긴 침같이 생긴 암기를 시작으로 다양한 모양의 암기들이 날카롭고 빠르게 날아왔다.

황보가 무인들은 주변에 있는 것들을 손에 잡히는 대로 잡아 들고는 암기들을 막고 쳐냈다.

따다다다다닥!

대부분이 넓은 나무판 같은 것들이었는데 마치 밤송이처럼 암기들이 틀어박혔다.

몇몇이 든 나무는 암기가 너무 많이 박혀 부서지기도 했다.

한바탕 암기 세례가 끝나자 황보가 무인들은 들고 있던 나무들을 내동댕이치고는 서둘러 다른 것을 집어 들었다.

슈슈슈슈슉!

또 한 번 암기가 날아왔다. 이번에는 훨씬 더 많은 양이었다. 막기 위해 집어 든 나무로 다 막을 수 있을지 걱정이 될 정도였다.

황보진원과 황보가 무인들은 정신이 없었다.

주변을 살필 겨를도 없이, 어디서 날아오는지 모를 암기들을 계속해서 막아냈다.

"크악!"

"억!"

잘 막아내는가 싶더니 황보가 무인 두 명이 각각 팔과 다리에 암기를 맞았다.

두 사람 모두 암기를 맞은 부위가 시커멓게 변해갔다. 그냥 암기가 아니라 독이 묻은 암기였던 것이다.

두 사람이 주저앉았다.

그러고는 손 쓸 새도 없이 날아온 수많은 암기가 그들의 몸에 틀어 박혔다.

황보진원과 황보가 무인들은 이를 악물었다.

쓰러진 동료를 그냥 놔두고 달려야 하는 상황이 너무나 가슴 아팠지만 그렇다고 여기서 다 죽을 수는 없었다.

또 한 차례의 암기 세례가 끝나고 나니 앞쪽에서 빠르게 달려오는 이들의 모습이 보였다. 황보진원은 단박에 그들이 독인이라는 것을 알 수 있었다.

"좌측으로!"

황보진원의 외침에 황보가 무인들이 일제히 왼쪽에 있는 골목으로 방향을 틀었다.

그러자 반대쪽에서 달려오던 독인들도 오른쪽으로 방향을 틀어 골목 안으로 들어갔다.

콰콰쾅!

좁은 골목에서 마주친 황보가 무인들과 독인들은 누가 먼저라고 할 것 없이 공격을 가했다.

그에 주변에 있던 건물들 일부가 무너져 내렸다.

황보진원은 이를 악물고 공격을 펼쳤다. 독인들은 이미 몇 차례 상대해 봤기에 어느 정도 그 파훼법을 파악해 놓은 상태였다.

황보진원과 황보가 무인들은 독인들을 죽이는 것이 아니라 충격을 받고 넘어질 정도로만 공격을 하고 있었다.

목적은 뚫고 지나가는 것이기 때문이었다.

그들을 죽이기 위해 무리를 하면 성도를 지나가기도 전에 힘이 다해 더 큰 위기를 겪을 수도 있었다.

황보가 무인들은 독인이 휘청거리고 쓰러진 틈을 파고

들어 재빨리 내달렸다. 그에 전열을 재정비한 독인들이 빠르게 그들의 뒤를 쫓았다.

쫓기는 자와 쫓는 자의 살벌한 추격전이 시작되었다.

당가타는 굉장히 넓었다.

그리고 독과 암기, 기관진식 등에 뛰어난 능력을 가진 당가가 만든 곳이라 그런지 전체가 미로 같았다.

실제로 당가타는 적들의 공격을 막고 그들을 쉽게 공략하기 위해 곳곳에 암기를 쏘아 보내는 기관진식이 설치되어 있었고 빠져나오기 어렵도록 길이 복잡하게 되어 있었다.

당가타가 생소한 이들은 길을 잃기 쉬웠지만, 반대로 당가 사람들은 눈 감고도 길을 찾을 수 있을 정도로 당가타의 지리에 밝았다.

그렇다 보니 지금 상황은 황보가에 굉장히 안 좋은 쪽으로 흘러가고 있었다.

독인들을 따돌렸다 싶으면 어느새 앞쪽에 나타나곤 했으며, 한숨 돌릴 수 있겠다 싶으면 암기들이 날아왔다.

그 때문에 쓰러진 황보가 무인의 숫자가 벌써 다섯 명이 넘어가고 있었다.

만약 상대에게 죽자고 달려들었으면 훨씬 더 많은 인원

이 목숨을 잃었을지도 모를 일이었다.

"헉! 헉! 헉!"

황보진원이 거칠게 숨을 몰아쉬었다. 계속된 추격전과 쉴 새 없이 날아드는 암기, 그리고 어디가 끝인지 모를 미로 같은 길은 그를 더욱 지치게 만들었다.

황보가 무인들도 쓰러지기 일보 직전이었다.

다행히 지금은 암기나 독인들이 나타나지 않고 있었지만 한시도 방심할 수 없었다.

[거기서 오른쪽으로 방향을 트시오, 황보가주.]

그때 황보진원의 귓가에 전음이 들렸다. 방향을 알려주는 전음에 황보진원은 움찔하며 가만히 있었다.

무작정 그 말을 믿고 움직였다가 더 큰 화를 당할지도 모를 일이기 때문이었다.

[믿으시오, 황보가주. 오른쪽으로 방향을 틀었다가 나오는 교차 지점에서 동북 방향으로 난 길이오.]

황보진원이 주변을 두리번거렸다. 주변에서 인기척은 느껴지지 않았다. 그 말을 믿어도 될지 고민을 거듭하던 황보진원은 결심한 듯 세가 무인들에게 말했다.

"여기서 오른쪽이다. 좀 더 힘내도록."

그렇게 말한 황보진원이 주변을 경계하며 전음의 주인공이 알려준 대로 오른쪽으로 발걸음을 옮겼다.

그러자 얼마 지나지 않아 교차로가 나왔고 이번에는 동북쪽 길로 방향을 잡았다.

[계속 직진하시오. 골목 두 개는 그냥 지나치고 세 번째 골목에서 오른쪽으로 꺾으시오.]

전음은 계속되었다. 그에 황보진원은 반신반의하면서도 지푸라기라도 잡는 심정으로 전음이 알려주는 대로 발걸음을 옮겼다.

[오른쪽 골목으로 오면 녹색 지붕의 허름한 집이 하나 있을 것이오.]

전음으로 들은 것처럼 오른쪽 골목으로 들어서자 곧바로 녹색 지붕의 집 하나가 보였다.

집 앞에 도착한 황보진원은 주변을 두리번거렸다.

지금까지 오는 동안 적과 마주치거나 암기가 날아오는

기관진식이 발동한 적이 한 번도 없었기 때문이었다.

　[들어오시오.]

　또다시 전음이 들렸다. 그에 본능적으로 문고리를 잡고
열려던 황보진원은 퍼뜩 정신을 차렸다.
　'열어도 되는 것인가?'
　문을 연 후 벌어지는 모든 상황에 대한 책임은 자신에게
있었다. 혼자라면 어떻게든 부딪쳐 보겠지만 뒤에는 자신
을 따라 온 세가 무인들이 있었다.
　그들은 자신의 잘못된 선택 때문에 큰 화를 당할지도 몰
랐다.

　[믿으시오, 황보가주.]

　문고리를 잡고 망설이고 있는 황보진원의 귓가에 다시
한 번 전음이 들렸다.
　하지만 황보진원은 그 전음이 마귀의 유혹일지, 아니면
구원의 손길일지 알 수 없어 망설일 수밖에 없었다.
　그런 황보진원의 귓가에 다시 한 번 전음이 울렸다.

[시간이 없소! 시선을 돌리는 것도 이제는 한계요. 서두르시오!]

전음에 다급함이 묻어났다. 그에 눈을 감고 크게 심호흡을 한 번 한 황보진원이 문고리를 잡아 당겼다.

"어서 들어오시오."

이번에는 전음이 아닌 목소리가 들렸다.

백발이 성성하고 많이 야위어 보이는 이의 모습이 들렸고 그 노인은 서둘러 황보진원과 황보가 무인들을 집 안으로 들였다.

겉보기와 달리 내부는 제법 넓어 세가 무인들이 모두 들어오기에 충분한 넓이였다.

황보진원과 세가 무인들이 모두 들어오자 노인은 벽 한쪽의 고리를 잡아 당겼다.

드르르르륵!

그러자 집 밖에서 무언가가 작동하는 소리가 들렸다.

"기관진식을 작동하는 소리요."

묻지 않았음에도 황보진원의 궁금증을 해소해 준 노인이 다른 곳으로 자리를 옮겼다.

거대한 장(欌)이 있는 곳이었는데, 노인은 장의 옆에 서더니 있는 힘껏 장을 밀었다.

드르르륵!

다시금 묵직한 소리가 들리면서 장이 옆으로 움직였고, 그 뒤로 비밀 통로 하나가 모습을 드러냈다.

"들어가시오."

노인의 말에 황보진원이 물끄러미 노인을 바라보았다. 집 안으로 들어오기는 했으나 아직 정체도 모르는 노인의 말에 따라 끝에 무엇이 있을지 모를 비밀 통로로 선뜻 들어가기가 좀 그랬다.

"걱정 마시오. 아무 일 없을 테니."

노인이 안심시키려는 듯 황보진원에게 말했다. 그에 잠시 더 그를 바라보던 황보진원이 비밀 통로 쪽으로 발걸음을 옮겼고 그 뒤를 따라 세가 무인들이 차례로 들어갔다.

세가 무인들이 모두 들어가자 노인도 통로 안으로 들어 갔고, 통로 안쪽 벽의 튀어나온 부분을 눌렀다.

드르르륵!

그와 함께 밀려났던 장이 움직이더니 통로 입구를 막았다. 그나마 빛이 들어오던 입구가 막히니 칠흑 같은 어둠이 내려앉았다.

그에 황보진원과 세가 무인들은 발걸음을 멈추고 아무것도 보이지 않는 어둠을 경계했다.

화르르륵!

그러자 곧장 통로를 따라 벽에 달라붙어 있던 횃불이 켜지기 시작했고 시야가 밝아졌다.

"계속 가시오. 조금만 더 가면 되오."

노인의 말에 황보진원은 인상을 찌푸린 채 주변을 살피며 발걸음을 옮겼고 멈췄던 세가 무인들도 다시 움직였다.

그렇게 한참을 가자 통로의 끝이 보이기 시작했다. 황보진원은 통로 끝에서 느껴지는 기운에 집중했다.

사람이 있는 것 같기는 했으나 적의나 살기 같은 건 조금도 느껴지지 않았다.

그나마 다행이라 생각하며 발걸음을 옮긴 황보진원은 통로를 빠져나왔고 그 끝에서 마주한 사람을 보고 깜짝 놀랐다.

"팽가주!"

그곳에는 놀랍게도 팽도웅이 있었다. 팽도웅뿐만 아니라 팽가 무인들 모두가 있었다.

"황보가주!"

팽도웅 역시 황보진원의 얼굴을 마주하고는 놀라움과 반가움이 섞인 목소리로 소리쳤다.

"이게 어떻게 된 일이오?"

황보진원의 물음에 미소를 지은 팽도웅이 어느 한쪽을 가리켰다. 그곳에는 청성파의 장문인인 냉추엽과 아미파 장문인인 혜진신니가 있었다.

"다들 무사하셨군요!"

황보진원은 그들의 얼굴을 보고 굉장히 반가워했다. 냉추엽과 혜진신니의 얼굴에 피로가 가득하기는 했으나 다행히 큰 부상을 입었다거나 하지는 않은 듯했다.

그런 황보진원에게 아까의 노인이 다가왔다.

"이제야 제 소개를 합니다. 저는 당가의 가주였던 당호엽의 백부이자 현 당가의 가주인 당여겸(唐餘兼)이라 하오."

당여겸이 자신을 소개하자 황보진원은 놀란 표정을 지었다. 당호엽의 아버지 대는 모두 은퇴하여 은거에 들은 것으로 알고 있기 때문이었다.

"미리 얘기하지 못한 점 이해 바라오. 미리 얘기하면 더 믿지 못할 것 같아 그랬소."

"아닙니다. 괜찮습니다."

황보진원이 얼떨떨한 표정으로 대답했다. 그에 팽도웅이 곁으로 다가와 웃으며 말했다.

"나도 처음에는 황보가주처럼 이 상황이 얼떨떨했다오."

팽도웅의 말에 황보진원은 여전히 얼떨떨한 표정을 짓고 있었지만 한 가지, 이곳은 안전한 곳이라는 생각에 안도의 한숨을 내쉴 수 있었다.

놀란 마음이 조금 진정되고 난 후 황보진원은 팽도웅과

냉추엽, 그리고 혜진신니와 당여겸과 마주 앉았다.

"그러니까 여기 있는 인원이 전부란 말입니까?"

"그렇소. 우리 청성과 아미 다 합쳐 인원이 백 명이 채 되지 않소."

그렇게 말하는 냉추엽의 목소리에는 힘이 없었다.

"당가는 어떻습니까?"

"백 명 정도 되오."

생각보다 많은 인원이라 황보진원은 다행이라는 표정을 지었다.

"한데 왜 아직 이곳에 계신 겁니까? 충분히 사천을 빠져나올 수 있었을 것 같은데."

"그게 말처럼 쉽지가 않소. 당호엽의 감시가 상당하오."

당여겸의 말에 황보진원은 팽도웅을 바라보았다. 왜 아직 당호엽이 살아 있다고 알고 있느냐는 시선이었다.

그에 팽도웅은 잠시 황보진원을 바라보다가 무릎을 탁 쳤다.

그 모습을 본 황보진원은 작게 한숨을 내쉬고는 말을 이었다.

"당호엽은 죽었습니다."

"죽었다고? 그게 무슨 말이오?"

당여겸이 놀란 표정으로 물었다. 그에 황보진원이 자초

지종을 설명하기 시작했다.

"의협대와 함께 사천에서 만나고 얼마 지나지 않아 당호엽이 나타났습니다. 그리고 의협대주인 서윤이 그와 싸워쓰러뜨린 것으로 알고 있습니다. 제법 오래된 일인데 아직모르셨습니까?"

"전혀 몰랐소. 당호엽이 죽었다는 공표 같은 것도 없었으니까."

당여겸은 여전히 믿을 수 없다는 듯한 표정으로 고개를 저었다.

"당호엽이 죽기는 했지만 감시는 여전합니다. 당가타를빠져나가는 건 여전히 쉽지 않은 일이지요."

혜진신니의 말에 황보진원이 고개를 저었다.

"여기 있는 사람들이 힘을 합치면 충분히 빠져나갈 수있습니다. 여기 당가주께서는 이곳 당가타의 지리를 훤히꿰고 계시고 무력으로도 밀릴 것이 없지요. 서둘러 사천을빠져나가야 합니다. 적들의 정예가 무림맹으로 향하고 있는 상황입니다."

황보진원의 말에 낭추엽과 혜진신니, 그리고 당여겸의 표정이 딱딱하게 굳었다.

적의 정예가 무림맹으로 향하고 있다는 건 이 지긋지긋한 싸움을 끝내겠다는 뜻이기 때문이었다.

"시간을 오래 끌어서는 안 됩니다. 어떻게 해서든 빨리 사천을 벗어나야 합니다."

황보진원의 말에 모두가 고개를 끄덕였다. 그러고는 곧장 당가타를 빠져나가기 위한 계획을 짜기 위해 머리를 맞대었다.

8장
상중하(上中下)

風神 徐闇

풍신서윤

서윤과 의협대의 북상 속도는 상당히 빨랐다.

많이 힘든 상황이었지만 적들과 무림맹이 충돌하기 전에
도착해야 했다.

서윤과 의협대가 무림맹에 들어간다 해도 스무 명 정도
가 합류하는 것이지만 능히 서윤 혼자 수십을 감당할 수
있기에 상당한 도움이 될 터였다.

하지만 마교 쪽의 진격 속도도 상당히 빨랐다.

서윤과 의협대가 북상하고 있다는 소식을 들은 마교주
도 진격 속도를 높이라는 명령을 내려놓은 상태였다.

지금까지 충분한 휴식을 취한 데다가 의욕도 높아 마교주의 생각보다 진격 속도는 더욱 빨랐다.

　그것을 보고도 마교주는 별다른 제지를 하지 않았다. 빠르게 도착한다고 해서 나쁠 건 없었기 때문이었다.

　속도는 빨랐지만 마교주의 표정에는 여유가 있었다.

　그리고 어딘지 모르게 들떠 있는 것 같았다. 그런 마교주의 옆모습을 슬쩍 쳐다 본 여인의 입가에 슬머시 미소가 번졌다.

　현재 위치 소양(邵陽)현. 무림맹이 있는 형산까지 약 나흘 정도 걸리는 거리였다.

　　　　*　　　　*　　　　*

　형양(衡陽)현에 도착한 서윤과 의협대는 잠시 쉬어가기로 했다.

　개방도로부터 진군하고 있는 마교 본진의 위치를 전해 들은 까닭이었다. 조금이지만 여유가 있는 상황. 그렇다면 체력을 회복해 두어야 했다.

　노을이 질 무렵 형양현에 들어 선 의협대는 곧장 휴식을 취했다. 그간 쌓인 피로가 상당했기에 식사도 하지 않고 방으로 들어갔다.

서윤 역시 자신의 방에 들어가 운기를 하며 쌓인 피로를 몰아내고 있었다.

그렇게 얼마의 시간이 지났을까.

서윤은 아직 방에서 운기 중이었고 누군가가 다급하게 서윤의 방문을 두드렸다.

하지만 운기에 빠져든 서윤은 그 소리를 듣지 못했고, 잠시 후 문이 살짝 열리며 누군가가 안을 빼꼼 들여다보았다.

서윤의 방을 찾은 이는 개방도였다.

"누구시오?"

"흭!"

뒤에서 들린 소리에 서윤의 방으로 고개를 들이 밀었던 개방도가 화들짝 놀라며 고개를 뺐다.

개방도에게 말을 건 사람은 영호광이었다. 서윤의 옆옆 방이 그의 방이었는데 이제 막 운기를 마치고 방에서 나오던 찰나였다.

"개방에서 왔습니다. 문을 두드려도 아무 기별이 없길래……."

개방도가 마치 큰 죄를 저지른 것처럼 기어들어 가는 목소리로 대답했다. 그에 영호광은 슬쩍 방 안을 쳐다보았고 침상 위에 앉아 운기 중인 서윤의 모습을 확인했다.

"운기 중이라 못 들으신 모양이오. 무슨 일이오?"

"그게, 적들 중 일부가 이곳 형양현을 지날 예정이라 합니다."

"적들이?"

그렇게 되물은 영호광은 인상을 찌푸렸다. 운기를 했다고는 하지만 제대로 쉬지 못했는데 적과 마주치게 생긴 것이다.

"얼마나 걸릴 것 같소?"

"길어야 두 시진입니다."

두 시진 후면 밤이 깊어진 시간이었다. 시간상으로도 적들과 싸우기에는 적합하지 않은 시간대였다.

"인원은 어느 정도 되오? 그들 중 고수의 숫자는?"

"대략 오십 명 정도 되는 것 같습니다. 고수의 숫자는 정확하게 파악하지 못했습니다만, 정예들이니 상당히 강하지 않을까 싶습니다."

"일단 알겠소. 대주님께 그렇게 전해 드리겠소."

"예, 알겠습니다."

그렇게 대답한 개방도가 서둘러 객점을 벗어났다. 그에 영호광은 다시 한 번 슬쩍 서윤의 방을 들여다보고는 조심스럽게 문을 닫았다.

그런 후 영호광은 곧장 서윤의 방 바로 옆에 있는 천보의 방으로 발걸음을 옮겼다.

다행스럽게도 천보는 운기를 하지 않고 있었다. 대신 가만히 앉아서 명상 중이었는데, 영호광이 들어오는 소리에 눈을 떴다.

"명상 중이셨습니까?"

"괜찮습니다. 무슨 일이십니까?"

"개방도가 다녀갔습니다. 적과 관련된 소식입니다. 대주님께서 아직 운기 중이셔서 부대주님께 말씀드리려 왔습니다."

적들과 관련된 소식이라는 말에 천보의 표정이 조금 굳었다. 불길한 예감이 들었기 때문이었다.

"적들 중 일부가 이곳 형양현을 지날 예정이라고 합니다."

"적들이 이곳을 지난다고요? 얼마나 걸릴 것 같다고 합니까?"

"두 시진 정도 걸릴 거라고 합니다."

천보가 인상을 찌푸렸다. 하필이면 그렇게 늦은 시간이라니.

"적들이 우리가 이곳에 있는 걸 알고 오는 걸까요?"

"아닐 겁니다. 그들이 지나는 길에 우리가 있는 거겠죠."

영호광의 물음에 천보가 고개를 끄덕였다. 이유가 어찌

됐든 적이 오는데 그냥 보낼 수는 없는 노릇이었다.

"일단 한 시진 정도는 대원들이 푹 쉴 수 있도록 놔두십시오."

"알겠습니다."

영호광이 작게 고개를 숙이고는 방으로 돌아갔다. 그러자 천보가 나직이 중얼거렸다.

"대주님께서 얼른 운기를 끝내셔야 할 텐데……."

*　　　*　　　*

개방도가 다녀간 지 한 시진이 지났다.

밖은 이미 어둠이 짙게 내려 앉아 있었다. 그러자 천보와 영호광이 대원들의 방을 돌아다니며 상황을 설명했고 서둘러 준비시켰다.

갑작스러운 통보에 대원들은 당황스러워하면서도 서둘러 전투 준비에 들어갔다.

그럼에도 아직까지 서윤은 운기를 끝내지 못하고 있었다.

서윤이 운기를 끝내야 상황 설명을 하고 전투 준비에 들어갈 텐데 아직 눈을 뜨지 않고 있으니 천보와 영호광은 속이 타들어갔다.

그렇게 반 시진이 더 흘렀다.

이제 곧 적들이 들이닥칠 시간.

천보와 영호광은 조급한 표정으로 이러지도 저러지도 못한 채 서윤의 방 앞에 서 있었다.

끼익!

그때 방문이 열리며 굳은 표정의 서윤이 모습을 드러냈다.

"가죠."

서윤은 이미 다 알고 있다는 듯 말하며 방을 나섰다. 그에 천보와 영호광은 안도하는 표정으로 그의 뒤를 따랐다.

전투 준비를 마친 채 객점 앞에 굳은 표정으로 서 있던 대원들의 표정이 서윤이 밖으로 나오자 조금 풀렸다.

"적들이 제법 강한 모양입니다. 아직 제법 거리가 되는데도 상당한 기도를 뿌리고 있군요."

서윤의 말에 대원들의 표정이 다시 굳어졌다.

"반 시진가량 남았습니다."

천보의 말에 서윤이 고개를 저었다.

"반 시진도 안 남았습니다. 한 식경 정도 될 겁니다. 이곳에서 적을 맞을 수는 없습니다. 이곳을 빠져나가 현 밖에서 적들을 맞이합니다."

"알겠습니다."

서윤의 말에 천보가 고개를 숙였다. 그에 서윤이 먼저 발걸음을 옮겼다. 아까 왔던 길을 되돌아가는 것이었다.

서윤이 앞장서자 그 뒤를 천보와 대원들이 따랐다.

서윤과 의협대는 현 밖으로 나갔다.

느긋하게 걸은 것이 아닌 제법 빠르게 달린 덕분에 현과는 어느 정도 거리가 있었다.

현과 적당히 거리가 멀어지자 서윤이 발걸음을 멈추었다.

앞쪽에는 어둠만 가득할 뿐 아무것도 보이지 않았다. 하지만 적들과 가까워졌다는 건 어둠 속에서 뿜어져 나오는 기운만으로도 알 수 있었다.

맨 앞에 선 서윤은 가만히 서 있다가 오른쪽 발을 뒤로 뺀 채 양 다리를 살짝 구부렸다.

땅에 단단히 하체를 고정시킨 자세였다.

그러고는 오른쪽 주먹을 허리춤까지 끌어 당겼다. 그러자 서윤의 주먹으로 기운이 잔뜩 모이기 시작했다.

바람 한 점 없던 그곳에 미풍이 불기 시작하더니 나중에는 제법 강한 바람이 불기 시작했다.

그리고 동시에 적들의 기운이 상당히 가까운 곳까지 다

가와 있음을 느낄 수 있었다.

주먹에 기운이 모일 대로 모였다는 느낌이 든 순간, 서윤이 주먹을 빠르게 앞으로 뻗었다.

쿠우우우아아아앙!

포효 소리와 함께 서윤의 주먹에서 강력한 기운이 뻗어나갔다. 그러자 동시에 적들이 일제히 흩어지는 것이 느껴졌다.

그러자 서윤의 뒤쪽에 대기하고 있던 대원들도 기운을 끌어 올리며 전투 준비에 들어갔다.

슈슈슈슉!

어둠 속에서 적들이 나타났다.

하지만 대비하고 있던 대원들은 어둠 속에서 불쑥 튀어나오는 적들을 보고도 당황하지 않고 주먹과 검을 휘둘렀다.

이제 경험 면에서 결코 뒤떨어지지 않는 대원들이었다.

서윤은 잔뜩 인상을 찌푸렸다.

광풍난무나 난마광풍의 경우 그 위력은 좋았지만 적들이 알아차리고 피하기 쉽다는 단점이 있었다.

'대책을 강구해야겠어.'

그렇게 중얼거리며 서윤이 쏜살같이 움직여 어둠 속으로 달려들었다.

콰콰콰쾅!

서윤의 주먹에 세 명의 적이 나가떨어졌다.

하지만 확실히 정예는 정예였다. 이전까지는 방금 전과 같은 위력에 쓰러져 일어나지 못했을 적들이 힘겹게나마 몸을 일으키고 있었다.

퍼퍼퍼퍽!

하지만 그것을 가만히 두고 볼 대원들이 아니었다.

서윤이 쓰러뜨린 적들에게 달려들어 최후의 일격을 가했다. 서윤도 대원들이 그렇게 움직일 것을 알고 적들에게 공격을 가한 뒤 바로 다른 쪽으로 이동하고 있었다.

때 아닌 밤중에 치열한 전투가 벌어지고 있었다.

확실히 적들은 지금까지 상대한 자들과 차원이 다르게 강했다.

대원들은 이를 악물고 적들을 공격해 나갔지만 좀처럼 그 숫자가 줄어들지 않고 있었다.

쾅!

서윤이 주먹에 기운을 더 하며 주먹을 휘둘렀고, 그 주먹에 맞은 적은 쓰러진 채 잠시 몸을 부르르 떨더니 다시 일어나지 못했다.

그것을 확인한 서윤이 몸을 돌리려는데 강한 기운이 그쪽으로 날아들었다.

피하거나 막기에는 역부족인 상황.

서윤은 팔에 기운을 끌어모아 얼굴과 가슴을 보호했다.

쾅!

서윤의 팔에 정확히 틀어박히는 공격. 그 힘에 서윤은 뒤로 쭉 밀려났다.

검기 같은 기운이 아닌 물리적인 충돌로 인한 통증이 팔에서 느껴지자 서윤은 인상을 찌푸리며 올린 팔 사이로 정면을 바라보았다.

어둠 속에서 흐릿하게 보이는 사람이 들고 있는 것이 무엇인지 정확히 알아 볼 수는 없었지만 분명한 건 검이나도 같은 무기는 아니라는 점이었다.

서윤이 천천히 팔을 내렸다.

무기가 무엇이든 뒤로 물러서기만 할 수 있는 상황은 아니었다.

"저놈이었군."

"저놈이었어."

"맞아, 저놈이지."

한 명의 모습밖에 보이지 않는데 목소리는 셋이다. 걸어가던 서윤은 발걸음을 멈추고 안력을 돋우어 상대방을 다시 살폈다.

하지만 아무리 살펴봐도 말을 한 사람은 단 한 명이었다.

하늘을 덮고 있던 구름이 움직였는지 달빛이 잠시 땅을 비추었고 서윤도 상대의 모습을 볼 수 있었다.

분명 단 한 명이었다.

"교주가 탐낼 만해."

"아니야. 그 정도는 아닌 것 같은데?"

"직접 시험해 보면 되겠지."

한 사람이 마치 대화하듯 문답을 주고받는 모습을 보며 서윤은 내심 놀랐지만 겉으로 내색하지 않았다.

어차피 한 명이라면 적의 상태가 어떠하든 그것은 전혀 문제될 것이 없었다.

하지만 정작 문제가 되는 것은 그의 손에 들려 있는 무기였다.

'채찍이라니.'

서윤이 속으로 중얼거렸다. 한 번도 겪어보지 못한 생소한 무기.

활은 곡선보다는 직선에 강점이 있는 원거리 무기라면 채찍은 그 방향을 종잡을 수 없는 원거리 무기였다.

워낙 예측이 쉽지 않은 무기인지라 섣불리 달려들었다가는 훨씬 더 위험해질 수 있었다.

그렇게 되자 마음이 조급해지는 쪽은 서윤이었다.

수적으로 밀리는 상황이고 적들의 무위도 높아 대원들

이 고전하고 있었다.

이런 상황에서 자신이 분전해야 위기를 넘길 수 있었다.

그런데 하필이면 무기가 채찍이라니 난감하지 않을 수가 없었다.

잠시 당황해하던 서윤은 작게 숨을 한 번 내쉬고는 앞으로 걸어 나갔다.

"눈빛은 좋네."

"눈빛만 좋아 봤자지."

"약골 같아 보이는데?"

서윤이 자신을 향해 걸어오자 상대가 다시 부지런히 수다를 떨었다. 정신 사납긴 했지만 서윤은 최대한 집중력을 끌어 올리며 오감을 예민하게 펼쳤다.

눈으로만 쫓을 수는 없으니 소리와 느낌 등 동원할 수 있는 모든 감각을 총 동원해야만 했다.

시간을 끌면 불리해지는 상황.

서윤의 집중력이 최고조에 오르고 있었다.

*   *   *

촤악! 촤악! 따악! 딱!

상대가 휘두르는 채찍이 고막이 찢어질 것 같은 큰 소리와 함께 연신 땅을 쳤다.

처음에는 채찍을 피하는 것이 어려웠다. 그에 스친 정도에 불과했지만 몇 군데 피멍이 들 정도의 상처를 입기도 했다. 그러나 이제는 어느 정도 적응했는지 계속해서 채찍질을 피해내고 있는 서윤이었다.

그러나 길이가 길고 그만큼 무게가 있는 채찍임에도 휘두르는 속도가 워낙 빨라 쉽게 안쪽으로 접근하기는 어려웠다.

따악!

채찍이 바로 옆의 땅을 치는 바람에 귀가 먹먹해졌다. 하지만 서윤은 전혀 개의치 않고 채찍의 움직임에 모든 신경을 집중하며 천천히 아주 조금씩 전진하고 있었다.

처음 생각했던 것과 달리 서윤을 상대하는 것이 마음처럼 쉽지 않아서인지 혼잣말을 중얼거리던 적도 어느새 입을 다물고 있었다.

촤아악!

채찍의 움직임은 날카로웠다. 특히나 끝의 움직임은 제대로 맞으면 어느 한 곳이 찢어지거나 부러질 것 같았다.

채찍 자체의 위력도 그 정도인데 거기에 진기가 실리니 훨씬 더 위력적이었다.

서윤의 다리는 분주하게 움직였다.

이대로 가다가는 해가 떠도 싸움을 끝내지 못할 것 같았다.

서윤은 쾌풍보를 펼치는데 필요한 진기를 제외하고는 전부 상단전으로 몰았다.

시간과 공간의 흐름을 자신의 것으로 만들어야만 했다.

아직 어두워 채찍의 모습이 흐릿하게 보이기는 했지만 그 움직임이 조금씩 눈에 들어오고 있었다.

실제로 느려진 건 아니었지만 느려져 보였다.

상단전을 연 이후 간간히 겪었던 현상을 이제는 조금씩 본인의 의지대로 다룰 수 있게 된 서윤이었다.

그렇게 되기까지 부단한 노력이 있었다는 건 당연한 사실이었다.

채찍의 움직임이 보이기 시작하자 쾌풍보가 힘을 발휘했다.

아슬아슬하게나마 채찍 사이를 뚫고 전진하는 속도도 더욱 빨라져 있었다.

그렇게 되자 압박을 받는 쪽은 상대가 되었다.

채찍은 강한 위력을 바탕으로 한 살상 무기이기도 하지만 그것도 적의 접근을 허용하지 않는다는 가정하에서였다.

지금처럼 거리가 점점 좁혀지면 살상력은 반감될 수밖에

없었다.

'조금만 더!'

거리가 많이 좁혀지긴 했지만 아직 부족했다.

물론 지금 이 거리에서도 충분히 공격을 할 수 있었지만 상단전으로 몰았던 진기를 분산시키면 채찍의 움직임을 놓쳐 큰 위험에 빠질 수 있었다.

단번에 쓰러뜨릴 수 있는 일격을 펼치려면 거리를 더 좁혀야만 했다.

그때였다.

상대가 휘두르는 채찍의 움직임이 변했다. 더 짧고 빠르게 휘둘러지는 채찍에 서윤도 황급히 방향을 틀 수밖에 없었다.

'뭐야, 이건!'

단순히 휘두르는 게 변한 것이 아니었다. 아까와는 분위기도, 위력도 완전히 달라져 있었다. 마치 전혀 다른 무공을 펼치는 것 같았다.

서둘러 채찍의 범위 밖으로 나온 서윤은 물러서며 인상을 찌푸렸다. 그런 서윤을 보며 상대가 입을 열었다.

"하여튼 하(下) 이놈은 안 된다니까."

아까 들었던 세 개의 목소리 중 하나였다.

'세 개의 다른 인격이 있고 각기 익힌 무공이 다른 건가?'

서윤이 설마 하는 표정으로 생각했다. 그런 것이 가능하기나 한 일인지 조차 알 수가 없었다.

"나까지 안 오게 해. 알았어?"

"알았어! 그놈 잔소리 더럽게 심하네."

상대는 또다시 혼자 중얼거렸다. 그에 서윤은 자신이 생각한 것이 맞다는 것을 어느 정도 확신할 수 있었다.

서윤이 본 인격은 셋. 그렇다면 지금의 인격을 꺾거나 곤란하게 만들어도 다른 인격이 나타날 것이고 짐작하건데 그 위력은 더 강할 것이 분명했다. 그렇다면 해결책은 단 하나였다.

'인격이 나오지 못하도록 하는 수밖에.'

인격은 결국 정신적인 문제다. 한 사람의 몸에 혼이 여럿 있을 리는 없고 결국 정신이 여러 갈래로 분열되어 나타나는 것이 서로 다른 인격이다.

하지만 그것도 육신이 있을 때에나 나타날 수 있는 법.

결국 답은 육신이 움직이지 못하도록 숨통을 끊어놓는 것밖에는 없었다.

'속전속결. 일격에 끝낸다.'

그렇게 중얼거린 서윤은 다시금 진기를 상단전과 다리 쪽으로 몰았다. 물론 하단전과 중단전의 진기는 서윤의 의도에 충실히 따르며 골고루 진기를 분배하고 있었다.

두 번째 인격의 공격은 첫 번째 인격의 공격보다 훨씬 짧았다. 길게 휘두르는 공격보다는 짧고 빠르게 끊어 치는 공격들이 훨씬 많았다. 그렇다 보니 휘두르고 회수하는 시간도 짧았고 틈도 생각보다 많지 않았다.

대신 길게 휘두르지 않기 때문에 공격과 수비 범위가 짧았다. 그런 면에 있어서는 서윤이 상대 가까이로 파고들 여지는 충분했다.

상단전으로 진기를 몰아넣은 서윤은 침착하게 상대의 공격을 관찰하며 전진했다. 나아가는 속도는 아까와 비슷했지만 이따금 멈칫해야 할 때가 있어 생각보다 간격은 좁혀지지 않았다.

게다가 아까의 경험 때문인지 서윤이 다가가면 상대는 조금씩 물러섰다. 어떻게 해서든 간격을 주지 않기 위해서였다.

촤악! 짝!

빠르게 날아온 채찍을 가까스로 피한 서윤은 미끄러지듯 앞으로 나아갔다. 그러자 상대가 뒤로 두어 걸음 물러섰다. 좁혀질 듯 좁혀지지 않는 간격에 서윤은 자신도 모르게 인상을 찌푸렸다.

'하……'

속으로 한숨을 쉰 서윤은 날카로운 눈빛으로 상대를 바

라보며 쾌풍보를 펼쳤다.

채찍이 마치 검기가 날아오듯 날카로운 반원을 그리며 연이어 휘둘러졌다.

한 가지 다른 점이라면 휘어진다는 것이었는데, 지금의 서윤은 그런 움직임까지도 완전히 피해내고 있었다.

상대가 분주하게 다리를 움직이며 채찍을 휘둘러보았지만, 서윤과의 거리는 점차 좁혀지기만 했다.

'지금!'

찰나의 순간 서윤의 눈에 틈이 보였다. 이번이 아니면 빠르게 품을 파고들 기회는 없을 것 같았다.

팍!

서윤이 땅을 박찼다. 순식간에 틈을 파고들었다.

쉬쉬쉬쉬쉭!

그러자 상대의 채찍이 접근을 불허한다는 듯 빠르게 휘둘러졌다. 하지만 이미 좁혀진 거리를 벌리기에는 역부족이었다.

서윤은 상단전으로 몰았던 진기를 빠르게 주먹 쪽으로 끌어 내렸다. 그러자 느릿느릿했던 채찍의 움직임이 엄청나게 빨라졌다.

짝! 짝!

서윤의 등을 두어 차례 채찍이 때리고 지나갔다. 그에

등이 터지며 피가 튀었지만, 서윤은 물러서지 않았다.

콰앙!

주먹에 기운이 모이자마자 뻗어낸 주먹이다.

그 위력과 압력에 상대는 적지 않게 당황했고, 애써 막아 보려 했으나 뜻을 이룰 수 없었다.

"푸우우우!"

상대가 입으로 피를 뿜었고 그 피는 서윤의 얼굴에 고스란히 묻었다.

피를 뿜으며 뒤로 밀리는가 싶더니 이내 상체가 그대로 뒤로 넘어가기 시작했다.

쿵!

묵직한 소리와 함께 상대가 그대로 쓰러졌다. 둔탁하게 부딪치는 소리가 나며 그의 머리 쪽에서 피가 흘러나왔다.

등 쪽에서 상당한 통증이 몰려 왔지만 서윤은 눈 하나 깜짝하지 않고 신형을 돌렸다.

대원들이 있는 쪽.

버티지 못하고 쓰러진 대원들 몇 명이 보였다. 다행히 쓰러진 적들이 더 많기는 했으나 버티는 데에는 한계가 있었다.

굳은 의지로 버티고 서 있는 대원들도 위태롭기만 했다.

서윤이 빠르게 땅을 박찼다. 그러자 그의 신형이 바람처럼 쏘아져 나갔다.

쾌풍보를 펼치는 데 필요한 진기 외에 나머지는 모두 주먹 쪽으로 몰았다.

그에 서윤은 자신의 주먹이 바위처럼 커진 것 같은 착각이 들 정도였다. 주먹에서 뻗어나가지 못하고 잔뜩 몰려 있던 진지가 적진 한가운데에서 폭발했다.

콰앙!

서윤의 주먹질 한 방에 휩쓸린 적의 숫자만 열 명이 넘었다. 그만큼 서윤이 뻗어낸 주먹의 위력이 상당했다는 뜻이었다.

열 명이 넘는 적이 나가떨어지자 압박을 느끼던 대원들은 그제야 숨을 쉴 수 있게 되었다.

그렇다고 위기가 끝난 것은 아니었다.

서윤의 공격에 휩쓸린 열 명 중 반절 가까운 인원이 스멀스멀 몸을 일으키고 있었다. 그에 서윤은 인상을 찌푸렸다.

'일어난다고?'

"하……."

서윤이 나직이 한숨을 내쉬었다. 그러고는 작게 중얼거렸다.

"못 일어나게 하면 되지."

그렇게 중얼거린 서윤이 다시 움직였다.

질풍처럼 적진을 누비는 서윤이 지나간 자리에 남은 것

은 쓰러진 적들뿐이었다.

그들 중 꾸역꾸역 일어나려는 자가 있었으나 연이은 대원들의 공격에 다시 쓰러졌다.

서윤이 가세하자 전장은 금방 정리가 되었다.

대원들은 거친 숨을 몰아쉬며 겨우 두 다리로 버티고 서있었고 서윤은 등 쪽에서 느껴지는 통증에 인상을 찌푸리고 서 있었다.

"대주님!"

대원들 중 누군가가 다급한 목소리로 소리쳤다. 그에 고개를 돌린 서윤의 눈에 비틀거리며 몸을 일으키고 있는 한 사람이 보였다.

채찍을 휘두르던 그자였다.

'죽지 않았어?'

서윤이 인상을 찌푸렸다. 그러고는 천천히 그에게 다가가며 천보에게 말했다.

"쓰러진 대원들 데리고 얼른 객점으로 돌아가십시오."

"알겠습니다."

천보가 대답하고는 힘들어 주저앉기 직전인 대원들을 독려하며 서둘러 발걸음을 옮겼다.

서윤은 등의 통증도 잊은 채 상대를 노려보고 섰다.

머리가 깨져 흐르던 피는 어느새 멎어 있었고 얼굴에는

흐른 피 때문에 피딱지가 눌어붙어 있었다.

"하(下)는 몰라도 중(中)을 이기다니. 그 정도로는 안 봤는데."

"앞선 두 사람이 하와 중이었나? 그럼 당신은 상(上)이겠군."

서윤의 말에 상이 놀란 표정을 지었다.

"오호, 대단하네. 우리 상중하를 보고도 놀라지 않은 건 네가 유일하다."

상의 말에 서윤은 인상을 찌푸렸다. 상대는 뭔가 대단한 것인 양 말하고 있었지만 결국은 그냥 정신 분열에 지나지 않았다.

하지만 각각의 인격마다 무위가 조금씩 강해졌으니 지금 눈앞에 있는 상을 무시해서는 안 될 것 같았다.

"하, 중은 삼절살편(三絶殺鞭)의 일부밖에 못 익혔지. 각오하는 게 좋을 거야."

"말이 많아!"

서윤이 선공을 취했다. 상과의 싸움으로 시간을 오래 끌고 싶은 생각은 없었다.

생각보다 등에 입은 상처가 깊었던 것도 이유였고 쓰러져 있던 대원들의 상태가 걱정되기도 하기 때문이었다.

서윤이 빠르게 파고들며 진기를 끌어모았다.

촤악!

'어?'

서윤의 어깨 쪽에 피가 튀었다. 순간적으로 방향을 틀어 피했기에 어깨를 스치는 정도에서 끝났지 아니었으면 머리가 깨져 나갔을 것이다.

"감이 좋구나."

'보이지 않았어.'

서윤은 순간적으로 온몸의 털이 쭈뼛 서는 것 같은 기분이 들었다. 보이지 않을 정도로 빠른 채찍질이었다. 계속해서 이런 공격이라면 싸움을 쉽게 끝내기는 어려워 보였다.

'궁마존도 그렇고 이자도 그렇고. 귀찮은 무공을 익혔어.'

서윤이 궁마존의 무형시를 떠올리며 속으로 중얼거렸다. 하지만 무기의 까다로움이 있을 뿐 결코 눈앞에 있는 자가 궁마존보다 강하지는 않았다.

"어차피 결과는 달라지지 않아."

상을 향해 자신감을 보인 서윤이 주먹을 쥐었다. 그에 비릿한 미소를 지은 상의 채찍이 다시금 휘둘러졌다.

밤은 깊어 있었고 해가 뜨기까지는 아직도 많은 시간이 남아 있었다.

* * *

객점에 돌아온 천보는 서둘러 부상이 심한 대원들을 방으로 옮겼다. 밤중에 갑작스럽게 나갔다가 피범벅이 되어 돌아온 의협대를 본 객점 주인은 기겁을 했지만 침착하게 상황 설명을 한 천보 덕분에 놀란 가슴을 쓸어내렸다.

객점 주인은 자고 있던 점소이들을 모두 깨워 서둘러 씻을 물을 준비했다. 너무 늦은 시간이라 의원을 부를 수 없는 상황이라 객점에 있는 응급처치 용품들을 가져다주기도 했다.

정신없는 시간이 흐르고 서서히 동이 터 오기 시작했다.

제법 오랜 시간이 지났음에도 서윤은 아직 돌아오지 않고 있었다.

걱정이 되기는 했지만 서윤에게 신경 쓰고 있을 겨를이 없었다. 부상이 심한 대원들 몇몇의 상태가 상당히 좋지 않았기 때문이었다.

"의원 좀 불러와 주십시오."

동이 터오는 걸 확인한 천보가 영호광에게 부탁했다. 영호광 역시 작은 부상을 입었지만 거동하는 데에는 문제가 없어 서둘러 의원으로 달려갔다.

그사이 객점으로 서윤이 들어왔다.

옷 곳곳에 피가 튀어 붉게 젖어 있었고 특히 상처를 입은 등은 찢어진 옷 사이로 피가 흥건히 흘러나와 있었다.

"괜찮으십니까?"

"괜찮습니다. 대원들은 어떻습니까?"

"몇몇의 상태가 좋지 못합니다."

천보의 대답에 서윤의 표정이 딱딱하게 굳었다.

"의원은 어떻게 됐습니까?"

"이제 막 부르러 갔습니다. 응급처치는 해놓았지만 더 늦으면 안 될 것 같습니다."

서윤의 표정이 딱딱하게 굳었다. 그때, 의원을 부르러 갔던 영호광이 돌아왔다. 그의 뒤에는 아직 잠이 덜 깬 의원이 따라 들어왔다.

그에 서윤은 의원에게 다가갔다.

"이른 시간에 죄송합니다. 무림맹 의협대 대주 서윤입니다. 부상 입은 대원들이 있습니다. 의원으로 찾아갔어야 하는데 옮기기 어려워 부득이하게 모셨습니다."

잠이 덜 깬 상태로 이야기를 듣던 의원은 서윤의 이름을 듣고는 눈을 동그랗게 떴다. 서윤에 대한 소문은 의원도 들어본 적이 있는 까닭이었다.

"서, 서윤이라고 했소?"

"그렇습니다."

"이렇게 만나게 되어 정말 영광이오! 하하! 내 대협의 위명은 익히 들었……."

"감사합니다. 우선 지금은 부상 입은 대원들부터 살펴주십시오."

반가워하는 의원의 말이 길어질 것 같자 서윤은 의원의 말을 자르고 부상당한 대원들을 그에게 맡겼다.

그에 의원은 머쓱한 표정을 짓고는 영호광의 뒤를 따라 부상이 심각한 대원들이 있는 방으로 향했다.

"등은 괜찮으신지요? 상처가 심해 보입니다."

"괜찮습니다. 이 정도 상처는 참을 만합니다."

서윤이 고개를 끄덕이며 말했다. 통증이 상당했지만 지금은 자신보다는 대원들의 치료가 우선이었다.

"좀 씻어야겠습니다."

"예. 주인장에게 부탁해 놓도록 하겠습니다."

천보의 말에 고개를 끄덕인 서윤은 우선 자신의 방으로 발걸음을 옮겼다.

계단을 오르는 그의 발걸음에는 힘이 없었다.

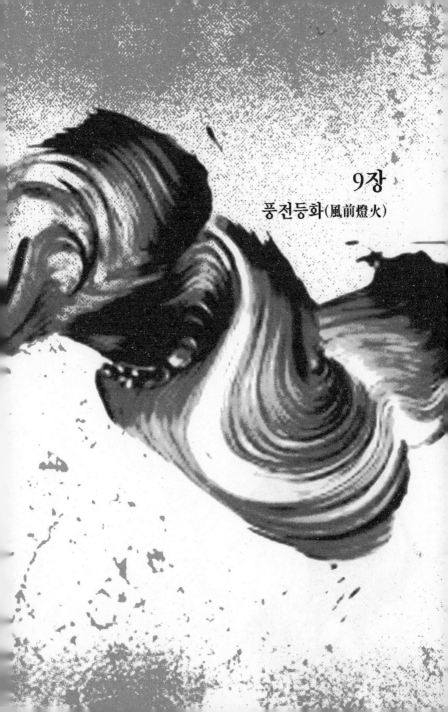

9장
풍전등화(風前燈火)

風神徐闇

풍신서윤

의협대와 적들이 충돌했다는 소식은 무림맹에도 전달되었다. 그에 제갈공과 후개는 그 결과에 촉각을 곤두세운 채 기다리고 있었다.

"이겼습니다!"

제갈공의 집무실 문이 열리며 청운각 무인이 들어왔다. 그토록 기다리던 의협대의 소식이었다.

"이겼다고!"

"예, 이겼다고 합니다. 한데……."

청운각 무인의 목소리가 갈수록 작아졌다. 좋지 않은 소식이 남아 있는 모양이었다.

"안 좋은 일이라도 있는 게냐?"

"의협대 일부가 죽고 다들 적지 않은 부상을 입었다고 합니다. 서 대주 역시 제법 큰 부상을 입은 상태입니다."

"서 대주까지……."

제갈공이 중얼거렸다.

지금 상황에서는 한 명이라도 부상을 당하지 않는 것이 중요하긴 했지만 그중에서도 서윤은 절대 부상을 입어서는 안 될 사람이었다.

그런 것들을 우려했는데 결국 부상을 입은 것이다. 무림맹으로 오고 있는 적의 일부를 격퇴한 것까지는 좋았지만 제법 큰 피해를 입은 터라 좋게 볼 수만은 없는 상황이었다.

"알았다. 나가보거라."

"예."

청운각 무인이 나가고 제갈공의 집무실에는 기나긴 침묵이 이어졌다.

"큰일이군요."

정적을 깨며 후개가 입을 열었다. 그에 제갈공은 말없이 고개를 끄덕였다.

"합류가 늦어지면 이쪽도 위험합니다."

"하지만 지금으로서는 뾰족한 방법이 없소."

현 상황에서 유일한 증원군은 서윤과 의협대뿐이었다. 사천으로 간 황보가와 팽가, 곤륜으로 간 남궁가 등의 합류는 기대하기가 어려웠다.

"후……."

답답한 마음이 가득 담긴 제갈공의 한숨이 집무실을 울렸다.

*　　　*　　　*

저 멀리 형산이 보이는 곳.

워낙 높고 기운이 강한 산이라 멀지 않은 듯 보였지만 실제로는 꼬박 하루 이상 가야만 당도할 수 있는 거리였다.

마교주는 이쯤에서 진군을 멈추었다.

서로 다른 경로를 통해 오고 있는 아군이 모두 모이면 그때 쳐들어갈 생각이었다.

싸움이 얼마나 걸릴지는 모르지만 하루가 지나면 기나긴 과정의 결과를 낼 수 있는 싸움이 시작된다. 그전에 만반의 준비를 하고 가야 했다.

이길 수 있다는 자신감이 충만했지만 그렇다고 방심은 금물이었다.

"다들 쉬라고 하고 윗 놈들은 다 불러 모아."

"알겠습니다."

마교주의 말에 여인이 고개를 숙이고는 그 자리에서 사라졌다.

*　　　*　　　*

마교주의 간이 막사가 금방 지어졌고 본진의 책임자들이 모두 그곳에 모였다.

"나머지 인원들은 어디까지 왔지?"

"오고 있는 중입니다만, 한 가지 문제가 생겼습니다."

문제가 생겼다는 책임자들 중 한 명의 말에 마교주가 인상을 찌푸렸다. 다 된 밥에 재 뿌리는 일은 없어야 하는데 벌써부터 문제가 생겼다니 마음에 들지 않았던 것이다.

"무슨 문제지?"

"형양현 쪽을 통해서 올 예정이었던 인원들이 몰살을 당했다고 합니다."

"몰살? 누가 이끌고 있었지?"

"상중하입니다."

그에 마교주가 인상을 찌푸렸다. 상중하는 상당한 고수였다. 세 개의 인격 중 상이 펼치는 삼절살편은 굉장히 강하면서도 까다로운 무공이라 쉽게 상대할 수 없는 자였다.

"그런데 몰살을 당했다면……."

"예. 그 서윤과 의협대의 소행이라고 합니다."

"하하하! 대단하군, 대단해!"

인상을 찌푸리고 있던 마교주가 이내 대소를 터뜨렸다. 끝까지 자신에게 걸림돌이 되는 서윤이 대단하게만 느껴졌다.

"그들은 지금 어디 있지?"

"무림맹으로 향하고 있는 중입니다만 다들 부상이 심한지 속도가 현저히 떨어져 있다고 합니다."

"우리가 무림맹을 공격할 때까지 도착할 확률은?"

"지극히 적다고 봅니다."

"좋군."

마교주가 만족스러운 미소를 지었다. 오십여 명의 아군이 몰살당했지만 서윤과 의협대의 속도를 늦추었다. 의협대야 크게 신경 쓰이는 정도는 아니라지만 서윤의 존재는 있는 것보다 없는 것이 나았다.

"불쌍하군. 도착했을 때에는 무너져 버린 무림맹을 보게 될 텐데. 지금까지 고생한 보람이 없겠군?"

그렇게 말한 마교주가 숨길 수 없는 미소를 지은 채 가만히 있다가 다시 입을 열었다.

"도착하는 즉시 다들 휴식을 취하라고 하도록 해. 그리고 무림맹과 무당의 움직임을 놓치지 않아야 한다. 밤늦게 또 무슨 일을 벌일지도 모르니."

"알겠습니다."

짧은 회의가 끝나고 책임자들도 휴식을 취하기 위해 물러났다.

"후후. 마지막까지 남은 최후의 일인, 끝까지 저항하다 장렬히 전사하다. 극적이군."

그렇게 중얼거린 마교주는 편안한 표정으로 의자 깊숙이 몸을 묻었다.

그 시각 무림맹은 비상 상태였다.

모든 무인들이 출진 준비를 마쳤으며 비장한 표정으로 언제든 병장기를 휘두를 각오를 내비치고 있었다.

지척에 적들이 있었지만 제갈공은 병력을 밖으로 뺄 생각은 조금도 없었다.

무림맹이 있는 곳은 형산의 중턱.

정문을 걸어 잠그고 안에서 농성을 한다면 시간도 벌 수 있고 적들과 싸우는 데에도 훨씬 효율적이었다.

그런 이점을 놔두고 괜히 밖으로 나가 적을 맞아 병력을 낭비할 필요는 없었다.

무림맹 건물 외벽에는 기름을 발라 미끄럽게 만들어 놓았다. 쉽게 벽을 타고 오르지 못하도록 만들기 위함이었다.

굳게 닫은 정문 뒤에는 단단한 쇠로 만든 몇 겹의 걸쇠를 걸어 어떤 충격에도 견딜 수 있도록 했다. 싸움이 시작될 때에 맞춰 서윤과 의협대가 도착한다면 안으로 들이는 문제가 생길 수 있겠지만 지금은 어쩔 수 없는 선택이었다.

외벽 안쪽에서는 무인들이 일정한 간격으로 넓게 퍼져서 잔뜩 경계를 펼치고 있었다. 혹시라도 미끄러운 벽을 뛰어 넘는 적들을 상대하기 위함이었다.

듬성듬성 서 있는 것 같았지만 적들이 어디로 떨어지더라도 순식간에 두세 명이 에워쌀 수 있는 그런 진형이었다.

아직 마교 본진이 모두 합류하지 않은 상태이고 진지를 구축한 상태에서 움직이지 않고 있다지만 무림맹 내에서는 긴장의 끈을 놓지 않았다.

소림에서와 같은 일이 또 벌어지지 말라는 법은 없었기 때문이었다.

그렇게 밤이 지나고 날이 밝았다.

이른 시간 들려온 소식은 밤사이 적들이 모두 모였고 동이 트기가 무섭게 진격을 시작했다는 소식이었다.

다행히 아직까지 따로 떨어져 나와 무림맹으로 향하는

은밀한 움직임은 없는 듯했다.

어찌 보면 그러지 않고도 무너뜨릴 수 있다는 자신감이 있기 때문일지도 몰랐다.

자존심 상하는 일이었지만 무림맹이 열세인 것은 자명한 사실이기에 이를 악물고 버틸 수밖에 없었다.

동이 트고 해가 중천에 떴다가 다시 떨어지는 시간이 되었다.

교대로 경계를 서고는 있었지만 하루 종일 잔뜩 긴장한 상태로 경계를 서다 보니 무림맹 내에 있는 무인들 모두가 상당한 피로감을 느끼고 있었다.

하지만 다들 현 상황이 피곤하다고 칭얼거릴 수 있는 상황이 아니라는 것을 잘 아는 터라 모든 정신력을 동원해 긴장감을 유지하고 있었다.

시간이 흘러 노을이 지고 어둠이 내려앉기 시작한 시간이 되었다.

어두워지기 시작하자 어둠은 더욱 빠른 속도로 내려앉기 시작했고 무림맹 내 곳곳에 불이 켜지기 시작했다.

아직 정문 밖에서는 이렇다 할 기척이 느껴지지 않았다. 하지만 거리상으로 이제 곧 적들이 들이 닥칠 시간이라는 것 정도는 충분히 짐작할 수 있었다.

다들 숨죽인 채 정문과 담벼락 쪽만 바라보고 있을 때

였다.

쾅!

묵직한 소리와 함께 정문이 들썩였다.

정문을 지탱하고 있는 경첩이 심하게 흔들렸고 금방이라도 떨어져 나갈 것만 같았다.

"모두 준비하라!"

제갈공의 외침에 무인들은 정신을 바짝 차리고 각자의 병장기를 쥔 손에 힘을 더했다.

쾅! 쾅! 쾅!

연이어 세 번이나 정문이 흔들렸다. 쇠로 만든 걸쇠를 몇 개나 더 걸었음에도 금방이라도 부서져 나갈 것 같은 엄청난 힘이었다.

슈슈슈슈슉!

정문으로 모든 이의 시선이 쏠려 있던 그때, 담벼락을 뛰어 넘는 검은 인영들이 있었다.

"진형을 유지하고 침착하게 대비하라!"

제갈공의 외침에 무인들은 적들이 착지함과 동시에 여럿이 둘러싸며 공격을 가했다.

하지만 미끄러운 담벼락을 뛰어넘을 정도의 실력이라면 결코 만만치 않은 무위를 가지고 있다는 뜻. 착지한 적들 역시 자신들을 향한 공격을 막고 피해내며 반격에 나섰다.

"으아아악!"

순식간에 무림맹 외원은 아수라장으로 변했다.

고통에 찬 비명이 사방을 울렸고 비릿한 혈향이 코끝을 자극했다. 담벼락을 뛰어 넘는 검은 물결은 쉼 없이 밀려들고 있었다.

"모두 후퇴하라!"

제갈공이 소리쳤다. 그러자 무림맹 무인들이 일사불란하게 물러서며 무림맹 더 깊숙한 곳으로 움직이기 시작했다.

쾅! 콰지직!

그러는 동안에도 계속해서 충격을 받은 무림맹 정문은 결국 부서졌다. 그리고 부서진 문을 통해 적들이 물밀 듯 밀려들기 시작했다.

무림맹 무인들은 자신들을 향해 달려드는 적들을 계속해서 견제하며 뒤로 물러섰다.

적들은 한 명이라도 더 죽이겠다는 듯 기세를 올리며 달려들었다.

그때였다.

"우아아아아!"

우렁찬 함성 소리와 함께 전후좌우에서 무당파 제자들이 뛰어 나왔다. 무림맹 무인들이 기세에 밀려 도망치듯 그들을 유인하고 숨어 있던 무당파 제자들이 나타나 기습하는 작전이었다.

이 작전은 효과가 있었다.

앞만 보고 달리던 적들은 제대로 대비하지 못한 상태에서 무당파 제자들이 기습적으로 옆을 치자 속수무책으로 당했다.

그러자 물러서던 무림맹 무인들이 다시 적들을 향해 달려들었다.

적들을 유인하고 혼란스럽게 만들었으니 이럴 때 제대로 공격을 가해야 했다.

전세는 순식간에 뒤바뀌었다.

당황한 적들은 물러서기 시작했고 무당파 제자들과 무림맹 무인들은 힘을 합쳐 적들을 밀어냈다.

그에 잔뜩 기세가 오른 무림맹 무인들과 무당파 제자들은 더욱 힘을 냈다. 한 명의 적이라도 더 쓰러뜨리기 위해 사력을 다했다.

퍼엉―!

그때였다. 하늘 위로 신호탄 하나가 터졌다. 그것을 본 적들은 뒤도 돌아보지 않고 썰물 빠지듯 무림맹을 빠져나갔다.

"쫓지 마라!"

무림맹 무인들이 그들의 뒤를 쫓으려 하자 제갈공이 서

둘러 그를 제지했다. 그에 무림맹 무인들은 아쉬운 듯 입맛을 다시며 돌아섰다.

"서둘러 장내를 정비하라! 정문 보수도 서둘러야 한다!"

제갈공의 외침에 무림맹 무인들과 무당파 제자들이 합심하여 장내를 정리하기 시작했다. 그것을 보고 있는 제갈공에게 상청진인이 다가왔다.

"작전이 주효했소이다."

"일단은 그렇습니다만……."

제갈공이 딱딱하게 굳은 표정으로 말끝을 흐렸다.

"왜 그러시오?"

"진짜 정예라고 할 수 있는 자들은 아무도 없었습니다. 그냥 살짝 맛만 보고 간 것이라고 보시면 됩니다."

"허허. 맛만 보고 간 것이 저 정도라니."

상청진인이 허탈한 웃음을 터뜨렸다. 정신없이 밀고 들어왔다가 짧은 시간 휩쓸고 돌아갔다. 적들이 들이닥친 시간에 비하면 생각보다 큰 피해를 입은 상태였다.

그런데 그것이 그저 맛만 보고 간 것이라니.

"내일이 걱정입니다. 내일이."

제갈공이 여전히 어두운 하늘을 올려다보며 나직이 중얼거렸다.

　　　　　*　　　　　*　　　　　*

　형산 아래에서 느긋하게 대기하고 있던 마교주는 무림맹에 갔던 무인들이 돌아오자 입가에 진한 미소를 지었다.

"인사는 잘하고 왔느냐?"

"예!"

　마교주의 물음에 모두가 우렁찬 목소리로 대답했다. 대답하는 목소리에 힘이 넘치는 것을 보니 전력을 다하지 않은 것 같았다.

"온갖 방법을 다 사용해 보거라. 모조리 깨부숴 주마."

　그렇게 중얼거린 마교주가 밤하늘을 올려다보았다. 달도 별도 보이지 않는 검디검은 하늘이 꼭 자신들에게 힘을 실어주는 것 같았다.

　　　　　*　　　　　*　　　　　*

　날이 밝았다.

　밤사이 어설프게나마 정문을 다시 세워놓았고 담벼락에 기름도 다시 발라 놓았다.

　물론 이것이 무용지물이라는 것이 간밤의 충돌로 드러났지만 조금이라도 그들을 귀찮게 하고 고생시켜야만 했다.

제갈공과 후개, 상청진인은 밤을 꼬박 샌 채 아침을 맞이했다. 밤새 무림맹 내에서 어떻게 적과 맞서 싸울 것인지를 치밀하게 계획했다.

무림맹 내부는 단순했지만 각종 건물들이 있었다.

눈 감고도 그릴 수 있을 정도로 훤히 꿰뚫고 있는 제갈공은 밤새 곳곳에 병력을 배치하고 적들을 유인한 동선을 짜냈다.

물론 적들이 순순히 움직여 줄 것인지가 의문이었지만 지금으로서는 적에게 최대한의 피해를 입힐 수 있는 최고의 방법을 찾아야 했다.

병력이 조금 더 많았으면 좋겠지만 그렇지 않은 것이 아쉬울 따름이었다.

'후방을 칠 병력만 있었어도…….'

적들을 무림맹 안으로 모두 끌어들인 뒤 앞뒤에서 공격한다면 상당한 타격을 입힐 수 있겠지만 지금으로서는 그만큼의 병력이 없었다.

아쉬운 대로 서윤과 의협대가 빨리 와주길 바라고는 있었지만 그 인원으로는 뒤를 친다 한들 큰 효과를 입히기 어려웠다.

게다가 적들 사이에는 마교주까지 있지 않은가.

그가 제대로 나선다면 그 어떤 계획도 무용지물이 될지

도 몰랐다.

"적들이 오고 있습니다!"

무림맹 밖에서부터 들려오는 다급한 목소리. 그에 제갈
공과 후개, 상청진인은 미리 계획한 곳으로 서둘러 자리를
옮겼다.

*　　　*　　　*

마교주는 느긋하게 형산을 오르고 있었다. 기분 좋은 미
소를 지은 채 형산의 풍경을 감상하고 있었다.

"괜히 중원오악(中原五嶽) 중 남악(南嶽)이라 불리는 게 아
니군. 이런 풍경과 기운이라니."

그렇게 중얼거린 마교주가 크게 숨을 들이마셨다. 그러
는 동안에도 계속해서 마도 무인들이 그를 지나쳐 형산을
오르고 있었다.

"다들 너무 여유가 없단 말이야. 뭐가 그리 급하다고 서
두르는지."

빠르게 달려 산을 오르는 무인들을 보며 마교주가 나직
이 중얼거렸다.

"교주님께서도 올라가 보셔야 하는 것 아닙니까?"

"굳이 내가 가야 하려나?"

여인의 말에 마교주가 계속해서 여유를 부렸다. 그에 여인은 아무 말도 하지 않고 그의 곁을 따랐다.

"내가 나설 상황이 되면 그때 나서면 돼. 굳이 내가 앞장서서 싱겁게 끝내고 싶지는 않군."

"피해는 줄이는 게 최선입니다."

"그렇긴 하지. 그렇다고 내가 앞에서 다해 버리면 저들도 불만이 많을걸? 지금은 그냥 두는 게 좋아."

"알겠습니다."

마교주의 말에 고개를 끄덕인 여인이 조용히 그의 뒤를 따랐다.

"서윤과 의협대는?"

"거의 다 온 것으로 알고 있습니다."

"그래? 그래도 재미있는 구경은 하겠군. 오거든 적당히 상대하면서 무림맹까지는 올라오게 해줘. 볼 건 봐야 하지 않겠어?"

"예. 그렇게 전하겠습니다."

짧게 대답한 여인이 자리를 벗어났고 마교주는 여전히 미소와 함께 뒷짐을 진 채 발걸음을 옮기고 있었다.

*　　　*　　　*

서윤과 의협대는 빠른 속도로 달리고 있었다.

적과의 싸움으로 출발 자체가 늦어져 더욱 서두르고 있었다. 심한 부상을 입은 대원들은 형양현에 두고 온 탓에 지금은 서윤을 포함에 열 명이 겨우 넘는 인원만 형산으로 달리고 있었다.

그마저도 온전한 몸 상태가 아닌지라 생각만큼 속도가 나지는 않고 있었다.

형산이 가까워질수록 서윤의 표정은 딱딱하게 굳어갔다.

형산에서 느껴지는 기운은 산이 뿜어내는 맑은 정기가 아니었다. 검고 어두운 기운이 산을 뒤덮고 있었다.

'늦었어.'

적들이 이미 형산을 오르고 있다는 뜻. 어쩌면 벌써 공격이 시작되었을지도 모를 일이었다.

서윤은 힐끗 뒤쪽을 쳐다보았다.

대원들은 군말 없이 서윤의 뒤를 따르고 있었지만 속도를 더 높이기에는 무리가 있어 보였다.

[저 먼저 가겠습니다. 아무래도 적들이 형산을 오르고 있는 모양입니다.]

[알겠습니다. 저희도 곧 뒤따르지요.]

서윤의 전음에 천보는 말리지 않고 서윤을 보내주었다. 그에 서윤은 빠른 속도로 튀어나가 어느새 보이지 않는 점이 되어 있었다.

　"대주님께서 앞서 가셨습니다. 상황이 급한 듯합니다. 우리는 잠시 쉬어가지요. 지금 이대로 가봤자 짐만 될 뿐입니다. 딱 반 시진만 쉬었다가 출발하겠습니다."

　천보의 말에 대원들은 속도를 줄였다. 멈춰 선 곳은 허허벌판이었고 머리 위해서는 햇볕이 강하게 내리쬐고 있었다.

　하지만 대원들은 불평불만 없이 그 자리에 털썩 주저앉아서는 운기에 들어갔다. 조금이라도 체력을 회복하고 내력을 보충해 놔야 적과 싸워서도 버틸 수 있었다.

　일부 대원들이 부상 때문에 함께하지 못해 부담은 있었지만 지금은 그런 것을 따질 때가 아니었다.

　운기하는 대원들의 이마에 땀방울이 맺히기 시작했다.

＊　　　＊　　　＊

　서걱! 서걱!

　설시연은 무심한 표정으로 연신 검을 휘두르고 있었다. 설시연은 설백과 태사현의 보호를 위해 최후방에 남아 있었다. 하지만 설백은 자신들 걱정은 하지 말고 나가서 아군을 도우라 했고, 설시연은 망설임 끝에 밖으로 나와 적들을 향해 검을 뿌리고 있었다.

몸을 회복한 서시 역시 은밀하게 움직이며 적들의 숨통을 끊고 있었다.

한 명, 한 명을 상대하느라 속도는 조금 느렸지만 단 한 수에 한 명씩 쓰러뜨린 탓에 상당한 타격을 입히고 있었다.

쐐에에엑!

설시연의 백아가 공기를 찢었다.

은은한 빛깔의 기운을 잔뜩 머금은 백아는 적들에게 자비를 베풀지 않았다.

그 덕에 사방으로 피가 튀었고 설시연도 그 피를 고스란히 뒤집어썼지만 눈 하나 깜짝하지 않았다.

무심한 눈빛으로 적들을 향해 검을 휘두르는 그녀의 분위기는 얼음장같이 차가웠다.

적들이 쭈뼛거렸다.

그만큼 지금 그녀의 기세는 상당했다. 그러는 사이 서시는 주춤거리는 적들 사이에 바람처럼 나타났다가 조용히 목을 긋고 사라지기를 반복했다.

환상의 호흡. 적어도 지금 이 자리에서 두 사람을 막을 이는 없어 보였다.

상청진인의 검은 부드러웠다.

피하거나 막을 수 있을 것처럼 보였지만 누구도 그의 검을 당해내지 못했다.

상옥진인에 가려져 있기는 했지만 상청진인 역시 무당에서 손꼽히는 고수. 비록 전력이 열세라 하나 분위기에 휩쓸려 상청진인을 무시했다가는 결코 살아남을 수 없었다.

그것을 알기 때문인지 적들은 신중하게 상청진인을 상대하고 있었다. 확실히 마도의 정예이기 때문인지 기본적으로 무위 자체가 높았다. 그런 그들이 신중함까지 갖추니 상대하는 것이 쉽지는 않았다.

상청진인 뿐만 아니라 무당파 장로들과 개방의 후개 역시도 마찬가지였다.

아직 적진의 고수들은 나서지도 않은 상황.

절대적으로 불리한 상황이었지만 버텨내는 수밖에 없었다.

*　　　*　　　*

형산에 도착한 서윤은 길을 따라 오르지 않았다.

현재 그가 있는 곳과 무림맹을 잇는 직선 주로를 주파하고 있었다.

높고 가파른 험로를 따라 오르고 있었지만 그럼에도 서윤의 속도는 빨랐다. 힘 하나 들이지 않고 산을 오르는 것 같았다.

팟!

서윤이 경사가 직각에 가까운 경사로에 삐져나와 있는 나뭇가지를 박찼다.

그러고는 빠르게 주먹을 향해 진기를 모았고 이내 앞으로 뻗었다.

꽝!

서윤의 주먹에 맞은 적이 그대로 튕겨 나가 절벽 아래로 떨어졌다.

형산을 오르기 시작한 지 얼마 지나지 않아 적들이 하나둘씩 보이고 있었다. 서둘러 무림맹에 도착해야 하는 것도 맞지만 꼬리를 자르는 것도 중요한 일이었다.

무림맹까지 가는 동안 보이는 적을 살려둘 생각은 없었다.

  *   *   *

"음?"

천천히 발걸음을 옮기던 마교주가 주변을 두리번거렸다.

그러고는 이내 입가에 미소를 지었다.

"왔구나."

그렇게 중얼거린 마교주가 자신의 뒤를 따르는 여인에게
말했다.

"서둘러 가야겠구나. 손님 맞을 준비는 확실히 해둬야겠
지."

"알겠습니다."

그렇게 말한 마교주가 빠른 속도로 형산을 올랐고 여인
역시 그에 못지않은 속도를 내며 마교주의 뒤를 따랐다.

*   *   *

무림맹 내의 상황은 점점 안 좋은 쪽으로 흘러가고 있었
다.

그간 잠자코 보기만 하던 대주, 단주 급 이상의 고수들
이 나서기 시작한 것이다.

상청진인은 자신에게 달라붙은 고수 두 명을 상대하느
라 진땀을 빼고 있었다. 실력도 상당한 데다가 오랜 시간
손발을 맞춰봤는지 연수합격의 수준도 상당했다.

빈틈을 찾기 어려워 반격은 꿈도 꾸지 못하고 막아내기
에 급급할 뿐이었다.

그러는 사이 상청진인의 몸에는 수많은 상처가 생겨져 있었다. 하지만 그럼에도 적을 바라보는 눈빛에 의기는 조금도 사그라지지 않았다.

게다가 검을 뻗어내는 속도와 위력 역시 조금도 줄어들지 않았다.

상청진인과 후개를 비롯한 무당파 제자들과 무림맹 무인들은 계획한 대로 물러서며 적들을 유인했다. 전날 같은 수법에 당했음에도 적들은 상당한 기세로 밀고 들어왔다. 그렇게 되다 보니 기습은 아무런 의미가 없게 되었다.

전날 같은 작전으로 제법 피해를 입혔지만 오늘은 워낙 적들이 강해 곳곳에 숨어 있다가 튀어 나와도 전혀 당황하는 기색이 없었다.

그렇게 되자 당황하는 쪽은 무림맹 쪽이 되었다. 이제는 유인이 아니라 후퇴였다.

"후퇴다! 적과 맞서지 말고 후퇴하라!"

제갈공이 목이 쉬도록 외쳤고, 외침을 들은 무당파 제자들과 무림맹 무인들이 썰물처럼 무림맹 내원 쪽으로 도망쳤다. 그 뒤를 적들이 끈질기게 쫓았지만 상청진인 등 무당파 장로들과 후개 등 정도 고수들에게 막혀 그 목적을 이루지 못했다.

대신 적들을 막기 위해 고군분투하던 정도 측 고수들이

오히려 발목을 잡힌 채 물러서지 못하고 있었다. 내원으로 들어가면 미리 준비해 둔 기관진식이 있어 한숨 돌릴 시간을 벌 수 있었다.

그에 정도 측 고수들은 필사적으로 적들을 떼어내기 위해 온 힘을 다해 검을 휘두르고 있었다.

펑! 퍼엉!

후개의 장력이 연이어 터져 나갔다. 그에 적들 일부가 튕겨 나갔지만 그 빈자리를 다른 적들이 빠르게 채워 나갔다. 정신없이 사방팔방 장력을 터뜨리던 후개가 답답함을 이기지 못하고 고함에 가까운 기합을 내질렀다.

"으아아아아아!"

마지막 힘을 쥐어짜듯 기합을 내지르며 빠르게 장력을 쏟아 붓자 자그마한 틈이 생겼고 후개는 곧장 그쪽으로 신형을 날렸다. 하지만 얼마 가지 못해 또다시 적들에게 발목을 잡히고 말았다.

서걱! 서걱!

그때 후개에게 구원의 손길이 다가왔으니 바로 설시연과 서시였다.

간결하게 뻗는 검결에 적들은 속수무책으로 쓰러졌고 서시는 그들 사이를 종횡무진하며 마치 닭 모가지 비틀듯 적들의 목을 그었다.

두 사람이 만들어낸 환상의 호흡 덕분에 후개는 몸을 빼낼 여유를 얻었고 후개가 무사히 후퇴하는 것을 본 설시연과 서시는 다시 다른 쪽으로 신형을 옮겼다.

상청진인과 무당파 장로들은 마도 측 고수들과 치열한 싸움을 벌이고 있었다.

집중력이 잠깐이라도 흐트러지면 그대로 목숨을 잃게 되는 살벌한 공방이 연이어 펼쳐졌다. 하지만 수적으로 우세에 있는 적들이 좀 더 유리한 형국으로 흐르고 있었다.

불쑥!

그 틈으로 낯선 인영이 하나 파고들었다. 바로 서시였다.

작은 틈을 놓치지 않고 적과 아군 사이로 스며든 서시는 상청진인의 공격에 방해가 되지 않는 범위 안에서 적들 사이를 휩쓸고 다녔다.

서시의 등장으로 신경이 분산된 적들은 상청진인의 공격에 온전히 집중하지 못했다. 그에 쓰러지는 적들이 하나둘씩 늘어났고 그제야 상청진인도 한숨 돌릴 수 있게 되었다.

"고맙소."

상청진인의 말에 고개를 숙인 서시가 다시 신형을 옮겼다. 장로들을 도와 검을 휘두르고 있는 설시연 쪽이었다.

설시연의 여의제룡검은 단연 빛났다.

무당파 장로들의 실력이 결코 낮은 수준이 아니건만 그

녀의 무위는 그 안에서도 군계일학이라 할 수 있을 정도로
대단했다.

적들을 압도하는 위력과 노련한 호흡 조절, 그리고 평정
심을 유지하는 정신력까지. 마치 산전수전 다 겪은 노강호
의 모습처럼 보였다.

거기에 서시까지 가담하자 전세가 순식간에 뒤바뀌었다.

적들이 힘들어하기 시작했고 몰아붙이는 쪽은 아군이었
다. 하지만 지금의 이 기세를 언제까지고 유지하기는 어려
웠다. 지금은 적을 몰아쳐 밀어내기보다는 후퇴에 중점을
두어야 할 때였다.

설시연과 서시의 도움으로 여유가 생긴 상청진인과 무당
파 장로들도 서둘러 무림맹 내원으로 후퇴했다. 그에 설시
연과 서시도 계속해서 적들을 견제하며 물러섰고 이내 내
원 안으로 무사히 들어갈 수 있었다.

끼리릭!

콰앙!

내원의 문이 빠르게 닫혔고 적들은 그 앞에서 내원 안쪽
으로 살기를 쏘아 보낼 뿐이었다.

"제법 머리를 썼군."

그 목소리와 함께 마교주가 나타나자 마도인들이 양쪽으
로 갈라지며 길을 터 주었다. 그에 뒷짐을 진 채 여유로운

모습으로 마교주가 나타났다.

"기관진식이군. 파훼가 쉽진 않겠지. 일단 지금은 여기까지 할까? 다들 후퇴하여 전열을 정비하라!"

마교주의 말에 적들이 빠르게 빠져나갔다. 마교주는 여전히 내원 앞에 남아 굳게 닫힌 문을 바라보고 있었다.

"어쩌실 생각이신가요?"

"고민 중이야. 지금 여기서 부숴 버릴지, 아니면 좀 더 살게 놔둘지."

"이왕 여기까지 오신 것 처리하고 가시는 것도 좋지 않을까요?"

여인의 말에 마교주가 손을 들어 닫힌 문을 가볍게 쓸었다. 거칠한 나무와 차가운 쇠의 느낌이 동시에 손끝으로 전해졌다.

"부술 수는 있겠지만 안에 뭐가 있을지 몰라서 말이지. 옷이라도 찢어지면 안 되잖아?"

마교주의 말에 여인이 피식 웃었다. 안에서 작동되고 있는 기관진식은 결코 만만한 것이 아닐 것이다. 어지간한 사람은 들어가자마자 목숨을 잃을지도 몰랐다.

그런 기관진식 앞에서 목숨이 아닌 옷 걱정을 하는 마교주의 여유가 웃음을 자아낸 것이다.

"난 진지한데. 뭐, 일단 물러서지. 손님이 오고 있잖아?

여기 신경 쓰기보다는 손님맞이에 더 신경 써야지."

"그러세요."

마교주가 내원에서 멀어져 무림맹 정문 쪽으로 발걸음을 옮겼다.

콰쾅!

"끄아악!"

마교주가 몸을 돌리고 얼마 지나지 않아 무림맹 정문 쪽에서 폭음과 함께 비명 소리가 들렸다. 여인은 마교주를 바라보았고 마교주는 입가에 진한 미소를 지었다.

"왔군."

그렇게 중얼거린 마교주가 미끄러지듯 빠르게 정문 쪽으로 신형을 옮겼다.

*   *   *

서윤은 정신없이 주먹을 휘두르고 있었다.

갑자기 나타난 서윤이 위력적인 공격을 뿜어내자 안쪽에서 한바탕 치르고 나오던 적들은 속수무책으로 당할 수밖에 없었다. 한 차례 일을 끝낸 터라 마음을 놓고 있었기에 더욱 서윤의 공격에 대처하기가 어려웠다.

하지만 확실히 적들은 강했다.

기습적인 공격에 잠시 흔들리는 모습을 보이긴 했지만 빠르게 전열을 정비하며 서윤에게 반격을 가했다.

수십 개의 검이 서윤을 향해 날아왔다.

하지만 서윤은 망설임 없이 그를 향해 주먹을 뻗었다.

쾅!

단 하나의 주먹이 수십 개의 검끝을 한 방에 밀어냈다. 그 충격에 적들의 검이 강하게 튕겨 올라갔고 서윤은 지체하지 않고 그 틈을 파고들었다.

"으라아앗!"

서윤이 기합과 함께 마구잡이로 주먹을 휘둘렀다. 보이지 않을 정도로 빠르게 휘둘러진 주먹에는 상당한 위력이 담겨 있었고, 그것을 적들은 맨몸으로 받아내야 하는 상황이었다. 그러니 버텨낼 수 있을 리가 없었다.

"크악!"

적들이 비명과 함께 우르르 쓰러졌다. 그에 한 호흡을 내쉰 서윤은 표정을 딱딱하게 굳히며 그 자리에서 펄쩍 뛰어올라 다른 곳으로 자리를 피했다.

콰드드득!

그러자 서윤이 서 있던 자리에 기다란 검흔이 생겼고, 그와 함께 마교주가 천천히 모습을 드러냈다.

"너무 늦었어."

마교주가 서윤을 바라보며 미소를 지었다. 기다리고 있었다는 듯 살짝 상기된 표정이었다. 그 틈을 타 적들은 서윤과 마교주 주변을 두텁게 둘러쌌다. 여차하면 바로 공격하겠다는 듯 강한 적의와 살기를 뿜어내고 있었다.

적진 한가운데에 홀로 선 상황. 하지만 서윤은 전혀 주눅 들지 않고 당당하게 어깨를 편 상태로 마교주를 바라보았다.

"고마운 건 얘기하고 넘어 가야지. 궁마존을 처리해 준 일. 앓던 이가 빠진 기분이야. 고맙군. 이건 진심이라네."

"아직 고마워하기에는 이를 텐데."

서윤의 말에 마교주가 인상을 찌푸렸다. 순간 좋지 않은 느낌이 들긴 했지만 그런 기분은 금방 사라졌다.

"좋은 구경시켜 주려고 했는데 저 안쪽에 있는 사람들이 너무 재빨랐어. 그게 아니었으면 불타 무너지고 있는 무림맹을 볼 수 있었을 텐데."

'아직 무사한 모양이군.'

마교주의 말에 서윤이 속으로 중얼거렸다. 사실 적들이 밖으로 나오고 있고 마교주가 나타났을 때에는 안에 생존자가 없을지도 모른다는 생각을 했던 서윤이었다.

하지만 그의 말을 들어보니 나름대로 대비를 하고 안전한 곳으로 피신한 듯했다.

"그래? 그럼 아무 부담 없이 싸울 수 있다는 뜻이군."

그렇게 말한 서윤이 빠르게 기운을 끌어 올렸고 그와 동시에 마교주를 향해 달려들었다. 서윤이 그렇게 나올 것을 미리 예상 했는지 마교주 역시 빠르게 검을 뽑아 들고 있었다.

콰콰앙!

순식간에 일어난 충돌.

그들을 둘러싸고 있던 적들은 서둘러 자리를 피하려 했지만 워낙 빠르게 벌어진 일이라 제때 몸을 피할 수가 없었다.

두 사람의 충돌로 폭발한 어마어마한 기운이 사방으로 뻗어 나갔고 가까운 곳에 있던 적들은 그에 휩쓸려 그 즉시 목숨을 잃었다.

서윤 입장에서는 그 여파로 적의 숫자가 줄어드는 건 두 손 들어 환영할 만한 일이었다. 하지만 마교주의 입장에서는 아군의 숫자가 줄어드는 것이기에 전혀 좋을 것이 없었다.

하지만 그럼에도 마교주의 입가에는 잔뜩 미소가 번져 있었고 눈빛에는 지금 이 싸움으로 인한 흥분 때문인지 언뜻 광기마저도 보이는 것 같았다.

어쨌든 서윤으로서는 마다할 이유가 없는 싸움이었다.

콰쾅!

서윤의 주먹과 마교주의 천마검이 수차례 충돌했고, 처음 충돌로 인한 결과를 두 눈으로 확인한 마도인들은 멀찌감치 거리를 벌렸다.

"다들 형산을 내려간다!"

본진을 이끌고 있는 책임자들끼리 이야기가 됐는지 형산을 내려가라는 명령이 떨어졌다.

무림맹이 있는 형산 중턱은 공간이 그리 넓지 못한 곳. 아무리 거리를 벌린다 하더라도 또다시 충격에 휩쓸릴 수 있었다. 그렇게 해서 피해를 입을 바에야 차라리 형산을 내려가는 것이 훨씬 안전했다.

명령을 들은 마도인들이 빠르게 형산을 내려가기 시작했다. 그들로서도 이곳에 서서 개죽음 당하는 것은 싫을 수밖에 없었다.

마도인들이 형산을 내려가기 시작했지만 서윤은 아랑곳하지 않고 마교주를 향해 공격을 퍼부었다.

한때 정도의 상징이었던 권왕의 풍절비룡권과 검왕의 여의제룡검이 서로를 잡아먹기 위해 맹렬한 기세를 뿜어내며 충돌했다.

*   *   *

무림맹 내원으로 대피한 무당파 제자들과 무림맹 무인들은 부상을 치료하며 지친 몸을 쉬게 하고 있었다. 무림맹에 의선이 있는 것이 천만다행이었다. 설시연은 의선을 도와 부상을 입은 무인들을 치료하는데 전념하고 있었다.

콰콰앙!

그때 무림맹 내원 밖 멀리서 폭음이 들렸다. 그에 쉬고 있던 무인들은 깜짝 놀라며 다시 긴장한 표정을 지었다. 그에 제갈공은 그들을 진정시키고는 밖에서 들리는 소리에 촉각을 곤두세웠다.

내원으로 이어지는 문이나 기관진식을 파괴하는 소리는 아닌 듯하여 안심이 되기는 했지만 마음을 놓을 수는 없었다.

"아무래도 싸움이 벌어지고 있는 모양입니다."

후개가 제갈공의 곁으로 다가와 말했다.

"서 대주가 아닐까 싶소."

"제가 가볼게요."

제갈공의 말에 서시가 나섰다. 그에 고개를 끄덕인 제갈공이 기관진식을 잠시 멈추었고 그 틈을 타 서시가 빠르게 내원 밖으로 달려 나갔다. 당장 밖에서 안으로 쳐들어올 위험은 없는 듯하여 그녀가 돌아올 때까지 기관진식은 멈쳐 두기로 했다.

잠시 후, 밖으로 나갔던 서시가 상기된 표정으로 돌아왔다.

"서윤이에요! 지금 마교주와 붙었어요!"

서시의 외침에 무인들의 표정이 확 밝아졌다. 그리고 부상자들을 치료하던 설시연도 손을 멈추고 서시 쪽을 바라보았다.

"역시… 서 대주는 어떻던가?"

"가까이 다가가지는 못했지만 안 좋은 상황은 아닌 것 같아요. 그것보다 적들이 형산을 내려가고 있어요."

"형산을 내려가고 있다고? 어째서……."

제갈공이 이해할 수 없다는 듯 중얼거렸다. 서윤이 무사하다는 서시의 말에 설시연은 굳은 표정으로 다시 의선을 도와 부상당한 무인들을 치료하기 시작했다. 걱정이 되기는 했지만 자신은 지금 있는 자리에서 할 수 있는 것들을 하겠다는 생각이었다.

"형산을 내려가고 있다면 뒤를 쫓아야 하는 것 아닙니까?"

적들을 쫓자는 후개의 말에 서시가 고개를 저었다.

"못 가요. 나갔다가는 두 사람의 싸움에 휩쓸려 다 죽을 거예요. 저도 가까이 가지는 못하고 서윤의 얼굴만 확인하고 돌아오는 길이에요."

"아무래도 적들도 도망쳤다기보다는 자리를 피했다고 보
는 게 맞겠군."

제갈공의 말에 서시도 동감한다는 듯 고개를 끄덕였다.

"젠장. 이럴 때 합류할 아군이라도 있었다면……."

제갈공이 중얼거렸다. 정말이지 곤륜으로 간 남궁가나
사천으로 간 황보가와 팽가가 너무나 그리워지는 순간이었
다.

*   *   *

적들은 빠르게 형산을 내려갔다.

멀리까지 가지는 않고 형산 바로 밑에 자리를 잡고 잠시
대기를 하기로 했다. 싸움이 끝난다면 마교주로부터 어떤
식으로든 언질이 있을 것이기에 참고 기다리기로 했다.

짧은 시간이었지만 격렬한 전투를 치른 마도인들은 저
마다의 방식대로 휴식을 취하고 있었다. 얼마간 큰 싸움은
없을 것이기에 이참에 체력과 내력을 충분히 보충해 둘 생
각이었다.

그때였다.

"와아아아아!"

우레와 같은 함성이 들리더니 많은 인원이 빠르게 그들을 향해 돌진하고 있었다. 그에 화들짝 놀란 마도인들은 허겁지겁 다시 전투 준비에 들어갔다.

이곳에 합류할 아군은 없는 상황. 그렇다면 지금 접근하는 이들은 분명 정도인들이 분명했다.

"모두 전투 준비!"

그 외침에 마도인들이 신속히 전투 준비를 했다. 모처럼 좀 쉬려는 찰나 들이닥친 까닭에 얼굴에는 짜증이 한가득 묻어나고 있었다.

"쳐라!"

굵직한 목소리가 들리고 정도인들이 들이닥쳤다. 선봉에 선 자는 팽가주 팽도웅이었다. 그의 뒤로 팽가 무인들이 묵직한 도를 휘두르며 달려들었고 곧이어 황보진원을 필두로 한 황보가와 사천을 빠져나온 당가와 청성, 아미파 무인들이 기세등등하게 달려들었다.

그들 사이에는 의협대가 섞여 있었다. 서윤이 먼저 떠난 후 잠시 휴식을 취한 뒤 이곳 형산으로 오다가 사천을 빠져나와 무림맹으로 향하는 황보진원 일행을 만난 것이다. 천보에게서 무림맹의 상황을 전해 들은 그들은 사력을 다해 이곳으로 달려왔고 이렇게 적과 마주하게 된 것이다.

힘들게 사천을 빠져나와 제대로 쉬지 못하고 이곳까지

달려온 탓에 피곤한 기색은 역력했지만, 그럼에도 병장기를 휘두르는 그들의 모습에서는 힘이 느껴졌다.

순식간에 뒤엉킨 두 세력은 근방을 아수라장으로 만들었다.

양쪽 모두 목숨은 중요치 않다는 듯 미친 듯이 병장기를 휘두르며 서로의 목숨을 빼앗을 뿐이었다.

바닥은 금방 빨갛게 물들었고 주변은 비명 소리로 가득 찼다.

희번덕거리는 두 눈에는 광기가 물들어 있었고 어떻게 해서든 한 명이라도 더 죽이겠다는 강렬한 의지가 양 측 모두에게서 피어오르고 있었다.

특히나 사천 땅에서 겨우 빠져나온 당가 무인들과 청성파, 아미파 제자들은 그간의 울분을 토해내듯 미친 듯이 적을 공격했다.

숫자는 상대적으로 조금 적었지만 기세는 훨씬 앞서 있었다.

그렇게 되자 마도 쪽의 혼란은 가중되었고 피해는 점점 더 커져만 갔다.

"모두 흩어져라!"

그 외침에 마도인들이 빠르게 흩어졌다. 한데 뭉쳐 있던 적들이 일제히 흩어지자 순간적으로 아무도 그들을 공격할 수가 없었고, 그 틈을 타고 적들은 빠르게 멀어졌다.

일부 무인들이 그들의 뒤를 쫓으려 했지만 황보진원과 팽도웅이 나서서 만류했다.

다시 그들을 쫓기에는 많이 지친 상태였기 때문이었다.

무림맹의 상황은 또 어떤 상황인지 알 수 없었기 때문에 지금은 그들을 쫓는 것이 아니라 힘들어도 무림맹에 가야 했다.

다들 무사하다면 무림맹에서 전열을 재정비하고 후일을 도모하는 것이 올바른 선택이었다.

사천 땅을 빠져나온 이들은 지친 몸을 이끌고 무림맹으로 향했다. 내딛는 발걸음이 천근만근이었지만 더욱 힘을 내 형산을 올랐다.

*　　　*　　　*

서윤과 마교주의 싸움은 말 그대로 용과 호랑이의 싸움처럼 치열했다. 한 치의 양보도 없는 공방이 쉴 새 없이 이어졌다.

조금만 흐트러져도 치명상을 입을 수 있는 상황에서 두 사람은 최고의 집중력을 발휘하고 있었다.

아슬아슬하게 막고 피하는 상황이 계속되었으나 두 사

람의 표정은 조금도 변하지 않고 있었다.

마교주의 천마검이 가볍게 회전하며 서윤의 목 부근을 훑어갔다. 그에 서윤은 뒤로 허리를 젖히며 그 공격을 피해냈고 검이 지나감과 동시에 몸을 비틀며 그 힘을 이용해 주먹을 뻗었다.

그러자 마교주는 보법을 이용해 거리를 벌림과 동시에 회수한 검을 아래로 내리 그었다.

펑!

마교주의 공격을 미리 예측했는지 서윤은 주먹을 빼내며 역으로 진기를 쏘아 보냈다.

그 힘에 주먹을 회수하는 속도는 더욱 빨라졌고, 마교주의 천마검은 서윤이 쏘아낸 기운을 파훼함과 동시에 허공을 갈랐다.

[적의 원군이 올라오고 있습니다. 피하셔야 할 듯합니다.]

형산을 내려가지 않고 멀지 않은 곳에서 두 사람의 싸움을 지켜보고 있던 여인으로부터 한 줄기 전음이 흘러들어온 것은 그때였다.

전음을 들은 마교주는 인상을 찌푸렸다.

조금만 더 하면 끝을 볼 수 있는데 적의 원군이라니. 게

다가 형산을 올라오고 있다는 건 아래로 내려간 본진이 당했다는 소리가 아니던가?

젓가락으로 음식을 집어 입에 가져가기 전에 누군가가 손을 쳐서 떨어뜨린 그런 기분이었다.

마교주는 검에 더욱 많은 양의 진기를 불어 넣었다.

화르륵!

그러자 천마검을 감싸고 있던 검은 기운이 더욱 강하게 불타올랐고 곧장 서윤을 덮쳐갔다.

서윤은 양 주먹 한 가득 진기를 담았다.

그러고는 자신을 덮치는 검은 기운을 피하지 않고 그대로 맞섰다.

콰콰콰쾅!

서윤이 수차례 주먹을 휘두르며 기운을 퍼부었고 앞을 가득 메웠던 검은 기운은 연기처럼 사라졌다.

'음?'

서윤은 눈앞에 보여야 할 마교주가 사라지고 없는 것을 보고 의아한 표정을 지었다.

인상을 찌푸린 것을 봤을 때 무언가 일이 생겼다는 것을 짐작했지만 이렇게 갑자기 도망칠 것이라고는 생각지 못했던 것이다.

서윤은 재빨리 넓게 기운을 펼쳐 마교주의 흔적을 찾으

려 했다. 하지만 마교주는 그새 멀리까지 달아났는지 서윤
의 기감에 잡히지 않았다.

대신 빠른 속도로 형산을 올라오고 있는 한 무리가 느껴
졌다. 의협대라고 하기에는 그 숫자가 많았다.

적의나 살의는 담겨 있지 않아 서윤은 긴장을 풀고 물끄
러미 길 아래쪽을 바라보았다. 그리고 잠시 후, 힘겹게 형
산을 올라오고 있는 낯익은 얼굴이 보였다.

"황보가주님!"

서윤은 올라오는 사람이 황보진원이라는 것을 확인하고
는 반가운 마음에 그의 이름을 불렀다.

서윤의 목소리에 고개를 든 황보진원은 다행이라는 표정
과 함께 환하게 미소를 지었다.

서윤이 무사히 서 있다는 건 적어도 지금 이 순간 아무
일도 벌어지지 않고 있다는 뜻이기 때문이었다.

서윤의 존재를 확인한 황보진원은 그제야 속도를 늦추고
천천히 길을 걸어 올라왔고 이내 서윤의 앞에 섰다.

"무사했군. 마교주가 이곳에 오지 않았나?"

"왔습니다. 방금 전까지 저와 싸우다가 갑자기 사라졌습
니다."

"그래? 무림맹 안쪽으로 들어간 건 아닌가?"

"아닙니다. 아무래도 산을 내려간 것 같습니다."

"아무도 못 보고 못 느꼈는데."

그렇게 말하며 황보진원이 인상을 찌푸렸다.

"우리가 올라오고 있다는 걸 알아차린 모양이오. 오랜만이군."

뒤늦게 올라온 팽도웅이 황보진원의 곁에 서며 말하고는 서윤에게도 인사를 건넸다.

"오랜만입니다. 무사하셔서 다행입니다."

서윤도 팽도웅에게 반갑게 인사를 건넸다. 그런 뒤 뒤쪽에 서 있는 낯선 사람들에게 시선을 옮겼다.

"아, 인사하게. 당가와 청성, 아미파 분들이네."

"아! 다들 무사하셨군요!"

서윤이 정말 다행이라는 듯 말했다. 그러자 냉추엽과 혜진신니, 그리고 당여겸이 서윤에게 포권하며 인사했다.

"청성파 장문인인 냉추엽이네."

"아미의 혜진이에요."

"당가의 당여겸이네."

"서윤입니다. 이렇게 뵙게 되어 정말 반갑고 또 반갑습니다."

서윤의 말에 세 사람 모두 환하게 웃었다. 그들과 인사를 나눈 서윤은 마지막으로 대원들에게 시선을 주었다. 그러고는 무사해서 다행이라는 눈빛을 그들에게 전달했고 천보와 대원들 역시 다행이라는 눈빛으로 서윤을 바라보았다.

군이 말로 하지 않아도 다 통하는 그들만의 끈끈한 무언가가 있었다.

"들어가시지요. 다행이 다들 무사히 안쪽에 있는 모양입니다."

"자네도 아직 확인을 못 했나?"

"예. 오자마자 이곳에서 마교주를 상대하느라……"

서윤의 말에 냉추엽과 혜진신니, 당여겸은 속으로 굉장히 놀랐다.

실제로 보니 서윤은 생각했던 것보다 훨씬 어렸다.

정도 최강이라는 권왕의 진전을 이었다고는 하지만 이토록 어린 나이에 마교주와 단신으로 싸울 수 있다는 게 대단하게만 느껴졌다.

그렇게 인사를 나눈 그들은 여기저기 부서진 무림맹 안으로 발걸음을 옮겼다. 끝인 줄 알았던 고비를 잘 넘긴 그들의 표정에는 다행이라는 안도감과 함께 마지막 남은 고비를 대하는 비장함이 묻어나고 있었다.

*   *   *

형산을 내려온 마교주의 표정은 잔뜩 구겨져 있었다.

서윤과의 싸움에서 원하는 결과를 만들어내지 못한 것이 가장 큰 이유였지만 이렇게 도망치듯 후퇴하는 것이 너무나 분했기 때문이었다.

형산을 내려온 마교주는 수하들이 도망치며 남겨 놓은 표식을 따라 그들이 모여 있는 곳으로 향했다.

그리고 그곳에 도착한 마교주는 더욱 화가 치밀어 올랐다.

모두가 마치 패잔병처럼 축 처진 모습을 하고 있었기 때문이었다.

"이게 다들 뭐 하는 짓들이냐!"

마교주가 화를 못 이기고 소리를 질렀다. 그 목소리가 워낙 크고 날카로워 모여 있는 마도인들 모두가 움찔했다.

그것도 잠시, 모두가 어두운 표정으로 자신의 눈치를 보고 있자 마교주는 분을 참기가 어려웠다.

"으아아!"

쾅! 서걱!

짧고 굵은 괴성을 지른 마교주가 그대로 천마검을 가까운 곳에 있는 나무를 향해 휘둘렀다. 그러자 나무가 그대로 잘리며 요란한 소리와 함께 쓰러졌다.

그럼에도 마교주는 분이 풀리지 않는지 계속해서 씩씩거

렸다. 그런 그를 여인이 겨우겨우 말리고 있었다.

한참이 지나서야 마교주는 흥분을 가라앉힐 수 있었다.

그러고는 멀리 보이는 형산을 차가운 눈빛으로 바라보았다.

'두 번의 수모는 없다. 다음에는 반드시 몰살시켜 주마!'

속으로 그렇게 중얼거린 마교주는 으스러지도록 주먹을 쥐었다.

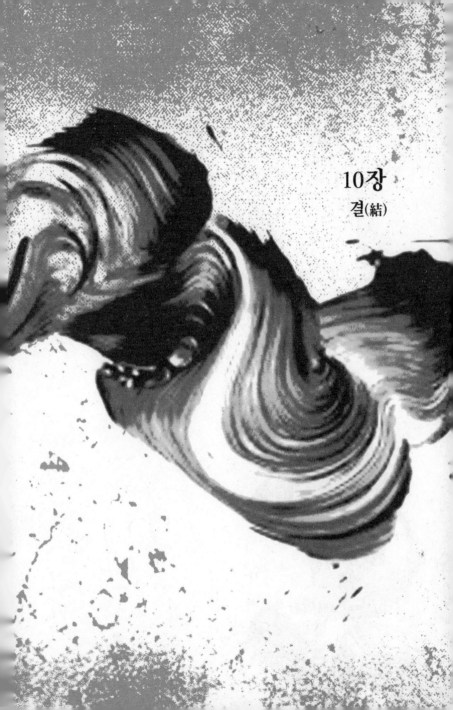

10장
결(結)

風神 徐潤

풍신 서윤

무림맹은 축제 분위기였다.

서윤과 의협대, 그리고 황보가와 팽가, 당가와 청성, 아미까지 모이자 그렇게 든든할 수가 없었다.

아직 마교주가 건재하고 적들의 피해가 크지 않은 것을 생각하면 험난한 길이 남아 있는 셈이었지만 다들 이미 이긴 싸움이라 생각하는 것 같았다.

너무 들뜨는 것은 위험한 일이었지만 제갈공은 지금 이 순간만큼은 그런 기분을 자제시키는 것이 아니라 만끽하도록 놔두고 싶었다.

첫날은 모두 휴식을 취하는데 모든 시간을 쏟았다.

그간 많은 일이 있었기에 할 말도 많았지만 지금은 그럴 힘도, 정신도 없었다.

사천 땅을 탈출해 이곳까지 온 사람들은 배정받은 숙소에 들어가자마자 곯아떨어졌다.

밤이 되고 서윤은 설시연과 함께 있었다.

부상 입은 무인들의 치료도 얼추 끝나 숨 좀 돌릴 수 있게 된 설시연은 안도하는 표정으로 서윤을 바라보고 있었다.

"다행이에요, 무사해서."

"이젠 걱정 안 끼쳐요. 걱정 말아요."

서윤의 말에 설시연이 미소와 함께 고개를 끄덕였다. 서윤과 떨어지고 마음 졸인 시간이 길었지만 지금 이렇게 마주하고 있으니 그간의 마음고생이 모두 없던 것처럼 사라지는 느낌이었다.

그러면서 설시연이 서윤의 어깨에 기댔다.

"오늘로 모든 것이 끝이었으면 얼마나 좋았을까요."

"그러게요. 오늘로 끝이었으면 지금 이 순간 아무 걱정도 없었을 텐데."

그렇게 말한 서윤은 말없이 그녀의 머리를 쓰다듬었다.

"좋게 끝나겠죠?"

"그럴 거예요. 걱정 말아요. 우리 상황은 나아졌고 저들은 안 좋아졌잖아요. 운은 우리에게 있어요."

서윤이 목소리에 힘주어 말하자 설시연이 어깨에 기댄 채로 가볍게 고개를 끄덕였다. 마주 잡은 두 사람의 손에는 자연스럽게 힘이 들어갔다.

밤은 그렇게 깊어만 갔다.

다음 날 아침.

모든 이가 한결 개운해진 표정으로 아침을 맞았다. 오랜만에 편한 잠자리를 가졌기에 정신도 맑았고 체력도 많이 회복되어 있었다.

지금 당장 적과 싸워도 거뜬할 것 같다는 느낌이 들 정도였다.

그런 밝은 기운이 무림맹 전체를 가득 채웠다. 그 기운을 느낀 사람들이 또다시 긍정적인 기운을 뿜어내며 무림맹을 가득 채운 밝은 기운은 점점 커져만 갔다.

그런 기운을 안은 채 다들 앞으로 있을 싸움에 대비해 정비를 하고 있었다.

그리고 제갈공을 비롯한 각 문파의 장문인과 가주들은 한데 모여 앞으로의 일을 논의하기 시작했다.

이제는 수적으로도 밀릴 것이 없는 만큼 적극적으로 적을 공략해야 했다. 방어 일변도였다면 이제는 효과적으로 적을 무너뜨릴 방법을 찾아야 했다.

"우선 적들의 위치를 파악하는 것이 우선입니다."

"이미 일러두었습니다. 개방에서 파악하는 대로 소식이 올 겁니다. 멀리 가지는 못했을 것으로 생각됩니다."

후개의 말에 제갈공이 고개를 끄덕였다. 그러고는 당여겸과 냉추엽, 혜진신니를 바라보며 말했다.

"그간 고생이 많으셨습니다."

"고생이라고 할 것이야 뭐 있겠소. 여기 황보가주와 팽가주가 아니었다면 고생이었겠지만."

당여겸의 말에 황보진원과 팽도웅이 손사래를 쳤다.

"저희는 그저 자그마한 힘을 보탠 것에 불과합니다."

"맞습니다. 잘 버티고 계셨고 다 같이 힘을 모았기에 가능한 일이었지요."

황보진원과 팽도웅의 말에 다들 옅은 미소를 지었다. 두 사람이 겸손하게 말했지만 황보진원과 팽도웅이 힘겹게나마 당가타까지 뚫고 들어가지 않았다면 당가와 청성, 아미는 더 이상 버티지 못하고 무너졌을지도 모를 일이었다.

"의협대는 인원이 많이 줄었더군."

"예. 부상자가 많았습니다."

"형양현에서의 일 때문인가?"

"예. 부상자들은 일단 현에 두고 왔습니다. 한시가 급한 상황이라."

서윤의 말에 제갈공이 고개를 끄덕였다. 대원들이 부상당한 것은 안타까운 일이었지만 이 정도 인원이 무사히 올 수 있었던 것만으로도 천만다행이었다.

"한 가지 궁금한 게 있는데, 물어도 되겠소?"

그때 후개가 서윤에게 질문을 던졌다. 그에 서윤은 말없이 고개를 끄덕였다.

"궁마존과의 싸움, 어떻게 된 것인가?"

후개의 물음에 모두가 서윤을 바라보았다. 서윤과 궁마존이 싸웠고 서윤이 무사히 돌아왔다는 정황으로 궁마존의 죽음을 짐작하고는 있었지만 정확한 결과는 알 수가 없었다.

그에 서윤은 좌중을 둘러보고는 말했다.

"싸우기는 했습니다. 그리고 승부를 내지 못했습니다."

"아니, 그럼 궁마존은?"

황보진원의 물음에 서윤은 곤란하다는 표정으로 말했다.

"궁마존은 당연히 살아 있습니다."

"당연히 살아 있겠지. 어디 있느냐는 말이네."

궁마존이 살아 있다면 어디서 무얼 하고 있는가 하는 것은 굉장히 중요한 문제였다.

궁마존의 존재는 적의 사기를 올려줄 수 있을뿐더러 정

도에도 직접적인 위협이 되기 때문이었다.

장내 분위기가 순식간에 무거워지자 서윤이 진지한 표정으로 입을 열었다.

"많은 것을 말씀드리기는 곤란합니다. 하지만 한 가지 확실한 건 이번 싸움에서 궁마존의 모습은 보실 수 없을 겁니다."

"도대체 무슨 일이 있었길래⋯ 아니, 그건 둘째 치고서라도 그자의 말을 믿는 건가?"

제갈공의 물음에 서윤은 고개를 끄덕였다.

"예. 믿습니다. 적어도 그날 궁마존은 절대적으로 믿을 수 있는 사람이었습니다. 그러니 분명 이번 싸움에서는 그의 모습을 볼 수 없을 겁니다."

서윤이 확신에 찬 어조로 말하고는 입을 다물었다. 그러자 다른 이들도 더 이상 서윤에게 무언가를 물을 수가 없었다.

"후⋯ 좋네. 그럼 궁마존은 지금까지처럼 없는 존재로 생각하고 앞으로의 일을 구상하면 되겠군."

"예. 그렇습니다."

서윤의 말에 제갈공이 고개를 끄덕이고는 자신이 생각했던 것을 말하기 시작했다.

그에 자리에 모인 이들은 계획을 하나도 빼놓지 않으려

는 듯 그의 말에 귀를 기울였다.

*　　　　*　　　　*

마교주는 마교주 나름대로 전열을 재정비했다.

무림맹 함락에 실패하고 돌아온 마교주는 크게 분노하고 흥분한 모습을 보이기는 했지만 하루가 지난 후에는 다시 직전의 여유로운 모습으로 돌아와 있었다.

정도 쪽 전력이 좋아지긴 했지만 그래도 자신들이 더 유리하다는 생각이었다.

숫자가 비등하다면 더 강한 힘을 가진 쪽이 이길 수밖에 없는 법. 마교주는 자신들의 힘이 더 강하다는 것을 믿어 의심치 않았다.

숫자는 생각보다 크게 줄어들지 않았다.

부상자들이 있긴 했지만 큰 부상을 입어 움직일 수 없는 인원의 숫자는 상당히 적었다.

이런 전투에서 가벼운 부상은 얼마든지 입을 수 있는 것이었고, 누구나 그런 부상을 안고 싸우는 법이었다.

마교주는 슬쩍 형산 쪽을 한 번 바라보고는 조금 더 쉬도록 했다. 어차피 정도 쪽에서도 하루 쉬었다고 섣불리 움직이지는 못할 터, 자신들의 준비도 완벽하게 해둘 필요가 있었다.

그러는 와중에도 마교주의 시선은 형산에 고정되어 다른 곳으로 움직일 줄을 몰랐다.

*　　　*　　　*

오후가 되고 개방으로부터 전갈이 왔다. 마교주와 적들이 있는 곳의 위치를 찾은 것이다.

전갈을 받은 후개는 곧장 제갈공을 찾았고, 제갈공은 다시 장문인들과 가주들을 불러 모았다.

"형산에서 북쪽으로 약 이십 리 떨어진 곳입니다. 생각보다 멀리 가지 않았습니다."

"멀리 갈 여력이 없었겠지요."

당여겸의 말에 제갈공도 고개를 끄덕였다. 적들 입장에서는 이곳까지 원정을 온 것이나 마찬가지였다.

먼 거리를 왔으니 힘든 것은 당연했다. 게다가 그렇게 몰아쳤는데도 무림맹을 함락시키지 못했으니 더욱 기운이 빠질 것이었다.

그런 상황에서 멀리까지 도망가는 것은 사기를 더욱 떨어뜨리는 일이 될 터. 가까운 곳에서 전열을 재정비하는 것이 최선이었다.

"성도인 장사(長沙)와 너무 가깝습니다. 크게 일을 벌이기에는 어려울 것 같습니다."

후개의 말처럼 성도와 너무 가깝다 보니 큰 싸움을 벌이면 관에서 문제 삼을지도 모를 일이었다.

마도 쪽에서야 그런 것은 크게 신경 안 쓸지도 모르겠지만 정도 쪽에서는 아니었다. 예전부터 관과 나름 좋은 관계를 유지해 온 터라 큰 문제를 일으키기가 어려웠다.

"저들을 유인해 좀 더 남쪽으로 데리고 내려와야 합니다. 가급적이면 무림맹에서도 어느 정도 떨어진 곳이 좋을 듯합니다."

"저들이 유인에 걸려들겠소?"

황보진원의 물음에 제갈공이 고개를 저었다.

"쉽게 유인에 걸려들지 않을 겁니다. 그렇다고 그들을 움직이게 만들 방법이 없는 건 아닙니다."

그렇게 말한 제갈공이 서윤을 바라보았다. 그러자 다른 이들의 시선도 서윤에게 닿았다. 하지만 정작 서윤은 영문을 몰라 어리둥절한 표정을 지었다.

그 의문을 제갈공이 풀어 주었다.

"마교주는 이상하리만치 서 대주를 의식하고 있습니다. 그러니 서 대주를 잘 이용하면 충분히 끌어낼 수 있습니다. 한 마디면 됩니다. 난 여기 있을 테니 자신 있으면 와라."

"허허허."

제갈공의 말에 다들 허탈한 웃음을 터뜨렸다. 하지만 정작 서윤은 웃지 못했다.

말 그대로 미끼가 되라는 것 아닌가?

"미끼가 되라는 말은 아니니 걱정 말게. 우리는 저들과 싸울 곳에서 미리 기다리고 있으면 되니. 말만 그렇게 하겠다는 거라네."

"과연 그런 것으로 움직이겠소?"

당여겸이 회의적인 시선으로 물었다. 하지만 이번에는 서윤이 답했다.

"움직일 겁니다. 다른 사람들이 만류해도 움직일 겁니다."

이번에도 너무나 서윤이 확신에 찬 어조로 말하자 다들 수긍하고 고개를 끄덕였다.

"방법은 나왔으니 움직여야겠습니다."

"한 가지 말씀드리고 싶은 게 있습니다."

회의가 끝나기 전 서윤이 입을 열었다.

"해보게."

"지정된 장소에는 저 혼자 가 있겠습니다."

"혼자?"

"예."

서윤의 돌발 발언에 다들 깜짝 놀랐다.

"적진에서 가장 위협이 되는 사람은 마교주입니다. 제가 그를 빼내겠습니다. 마교주가 혼자 온다 하더라도 저들이 움직이지 않을 수는 없을 겁니다. 마교주가 없는 적진을 치십시오."

"괜찮겠는가?"

제갈공이 걱정스러운 어조로 물었다. 그에 서윤은 고개를 끄덕였다.

"예. 어차피 마교주와는 결착을 지어야 합니다. 설사 제가 진다고 하더라도 적을 궤멸시킬 수 있다면 이 싸움은 끝입니다."

서윤은 스스로 희생할 생각이었다. 그것을 알아차린 사람들은 그를 만류했다.

"차라리 그곳으로 마교주를 빼내고 다 같이 적을 궤멸시킨 후 마교주를 상대하는 게 낫지 않겠는가? 위험부담이 너무 크네."

"내가 생각하기에도 그게 나을 것 같네."

황보진원과 팽도웅의 말에 서윤은 가만히 고개를 저었다. 그때였다. 밖에서 다급한 목소리가 들려왔다.

"적들이 이곳으로 오고 있습니다!"

그 말 한 마디에 지금까지 했던 이야기는 모두 쓸모없는 이야기가 되었다.

허탈한 감정에 서로를 바라보던 문주들과 가주들은 조용히 자리에서 일어나 전투 준비를 하기 위해 밖으로 나갔다.

*   *   *

마교주는 굳은 표정으로 수하들을 이끌고 무림맹을 향해 가고 있었다. 가만히 있어도 저들이 찾아오겠지만 그런 것은 본인의 적성에 맞지 않았다.

속도는 빠르지 않았다. 하지만 그것이 다시금 전투 의욕을 끌어 올리는데 큰 효과를 발휘하고 있었다.

그런 만큼 마교주의 표정도 어제와 달리 많이 부드러워진 상태였다. 거기에 다시금 자신감도 충만해진 것 같았다.

그렇게 기세를 올린 마교주와 마도인들은 흉흉한 기세를 뿜내며 형산으로 향하고 있었다.

*   *   *

적들이 진군 중이라는 소식에 전투 준비를 마친 이들은 무림맹 밖으로 나가 그들과 싸우기로 결정하고는 서둘러 무림맹을 벗어났다. 단 하루였지만 제대로 휴식을 취한 그들은 힘이 넘쳤으며 이 기세라면 적들과 싸워도 쉬이 이길 수 있겠다는 자신감에 차 있었다.

형산을 내려가는 정도 측의 선두에는 서윤과 설시연을 비롯한 의협대가 자리하고 있었다.

원래 서윤 혼자만 선두에 서려 했으나 설시연이 함께 가겠다고 나섰고 의협대 역시 대주가 선두에 서는데 대원들이 뒤로 빠질 수는 없다며 따라 나섰다.

선두에 서는 것이 얼마나 위험한지 잘 알고 있는 서윤은 그들을 만류하려 했지만 고집을 꺾을 수는 없었다.

형산을 내려가며 서윤은 슬쩍 양옆을 바라보았다.

설시연과 함께 대원들이 굳어 있지만 자신 있다는 표정으로 묵묵히 앞으로 달려가고 있었다.

씨익!

서윤은 슬며시 입가에 미소를 지었다. 이보다 더 든든할 수가 없었기 때문이었다.

지금까지는 자신이 그들을 지켜야 하고 보호해야 한다는 생각이 훨씬 강했다. 하지만 이처럼 결정적인 순간이 다가오자 오히려 그들이 자신을 든든하게 지켜줄 것만 같다는 생각이 들었다.

그런 생각이 들자 서윤은 온몸 구석구석에서 힘이 솟는 것 같았다.

'이 싸움, 이겼어.'

서윤이 속으로 중얼거렸다. 그렇게 확신할 정도로 서윤
은 자신감이 있었다.

*   *   *

정도와 마도는 넓은 평야에 서로를 마주보고 진지를 구
축했다. 진지라고 해서 가건물을 세우거나 한 것은 아니었
고 넓게 펼쳐 경계를 치고 돌아가면서 짧게나마 휴식을 취
할 수 있도록 한 정도였다.

가장 가운데, 선두에 선 서윤은 멀리 떨어져 있는 마도
진영을 바라보고 서 있었다.

멀다면 멀고 가깝다면 가까운 거리에서 이렇게 마주보
고 있음에도 조금의 긴장감도 들지 않았다.

약한 바람 한 줄기가 날아와 서윤의 머리카락을 흐트러
뜨렸다. 그에 머리카락을 다시 정돈한 서윤이 입을 열었다.

"빠르게 회복한 모양입니다."

"예상 밖이로군. 뭐, 이것도 마교주의 능력이겠지."

곁에 서 있는 황보진원이 답했다.

"어쨌든 이 싸움은 여기서 끝납니다. 물론, 우리가 이기
는 결과로."

서윤의 말에 황보진원이 고개를 끄덕였다. 그때, 마도 진

영에서 누군가가 걸어 나오는 것이 보였다. 그는 다름 아닌 마교주였다.

"제가 나가지요."

그렇게 말한 서윤은 다른 이의 대답도 듣지 않고 앞으로 걸어 나갔다.

점차 가까워지는 두 사람의 거리.

그렇게 얼마의 시간이 지나 두 사람은 세 걸음 정도의 간격을 두고 마주 보고 섰다.

"기어코 여기까지 올라왔군."

"생각보다 멀리 못 갔더군."

마교주의 말을 서윤이 덤덤하게 받아쳤다. 그러자 마교주가 재미있다는 듯 미소를 지었다.

"처음 만났던 날에는 긴장한 기색이 역력하더니. 이런 걸 두고 격세지감이라고 하는 모양이야."

"그때의 나와 지금의 나를 비교하면 안 되지. 뭐, 덕분에 이 정도 성장할 수 있었으니 고맙다고 해야 하나?"

"내 덕이 크긴 하지."

마교주의 말에 서윤이 피식 웃었다. 그러고는 다시 표정을 딱딱하게 굳히고는 물었다.

"이쯤 됐으니 물어보지. 당신의 친부는 누구지?"

서윤의 물음에 마교주가 의외라는 표정을 지었다.

"너도 그렇게나 내 친부가 누구인지 궁금했나?"

"아무래도. 내 가족이 연관된 일이니까."

서윤의 대답에 마교주가 슬쩍 서윤의 뒤쪽을 바라보았다. 저 멀리 덤덤한 표정의 설시연이 눈에 들어왔다.

"그런 건가? 후후."

중얼거리듯 말한 마교주가 다시 입을 열었다.

"가르쳐 주지. 내 친부는······."

마교주가 육성이 아닌 전음으로 서윤에게 말을 건넸다. 그에 서윤이 살짝 인상을 찌푸렸다가 폈다. 서윤의 얼굴에는 아리송한 표정이 드러나 있었다.

"후······."

서윤이 작게 한숨을 쉬었다. 그러고는 머쓱한 표정을 지으며 머리를 긁적였다.

"궁금증이 풀렸나?"

마교주가 미소와 함께 물었다. 그러고는 곧장 표정을 딱딱하게 굳히며 빠르게 뒤로 물러섰다.

그와 동시에 서윤도 뒤쪽으로 빠르게 물러섰고, 마교주는 이를 악물고 검을 휘둘렀다.

콰콰쾅!

무언가 터지는 소리가 들림과 동시에 서윤은 빠르게 본진으로 되돌아왔다.

"진격하십시오!"

서윤의 외침과 동시에 정도 무인들이 쏜살같이 앞으로 달려 나갔다. 그에 맞춰 서윤도 다시금 적진을 향해 돌진했다.

"방금 뭐였는가?! 자네가 한 건 아닌 것 같은데!"

서윤의 곁을 빠르게 따라 붙으며 황보진원이 물었다. 그에 서윤은 고개도 돌리지 않고 대답했다.

"궁마존입니다!"

"뭐?"

서윤의 입에서 뜻밖의 대답이 흘러나오자 황보진원은 순간 혼란에 빠졌다. 하지만 이내 정신을 다잡고 적진을 향해 돌진했다.

지금은 다른 것 따지지 말고 적을 처리하는 데 온 정신을 쏟아야 했다.

마교주의 표정은 잔뜩 구겨져 있었다.

방금 전의 공격은 궁마존의 것이라는 것을 알아차린 상태였다. 그가 살아 있다는 사실에, 그리고 자신을 공격했다는 사실에 참을 수 없는 분노가 치솟았다.

"감히!"

마교주가 짧게 소리치며 앞으로 튀어 나갔다. 먼저 달려나온 마도 쪽 무인들을 추월해 앞으로 달려 나간 마교주는 진기를 잔뜩 머금은 천마검을 휘둘렀다.

서거걱!

한 번의 휘두름에 앞쪽에서 달려오던 정도 무인 다섯 명의 목이 한 번에 날아갔다.

분노에 휩싸인 마교주의 검은 쉬지 않고 휘둘러졌다.

빠르게 날아가는 시커먼 검기.

그 앞에는 역시나 정도 무인들이 있었다.

꼼짝 없이 당할 수밖에 없는 상황에 서윤이 나타났다.

콰쾅!

서윤의 주먹질 한 번에 검은 검기는 흔적도 없이 사라졌다. 그에 서윤은 곧장 마교주를 향해 쏘아져 나갔다.

서윤과 마교주가 뒤엉켰다.

천마검이 사나운 기세를 뿜으며 서윤을 공격했고, 서윤의 주먹은 태산도 부숴 버릴 듯한 기세를 품고 뻗어 나갔다.

콰콰쾅!

몇 차례 충돌에 이은 강렬한 폭음.

그것을 신호탄으로 정도 무인들과 마도 무인들이 뒤엉켰다.

수 백 명의 무인들이 한데 뒤엉켜 싸우는 모습은 가히 장관이었다. 그 어떤 싸움보다 훨씬 더 많은, 그리고 훨씬 더 큰 비명 소리가 하늘을 울렸고 박차고 나아가는 발걸음에 땅이 진동했다.

그 가운데에서 서윤과 마교주는 한 치의 양보도 없는 혈전을 펼치고 있었다.

쐐에에에엑!

날카로운 파공음과 함께 무형의 기운이 마교주의 미간을 노렸다. 서윤을 공격하려던 마교주는 그 기운에 뜻하는 바를 이루지 못하고 방어 태세에 들어갈 수밖에 없었다.

콰쾅!

무형의 기운을 파훼한 마교주가 잔뜩 성난 표정으로 소리쳤다.

"궁마조온!"

마교주의 목소리가 세상 끝까지 닿을 듯 울려 퍼졌다. 하지만 궁마존은 모습을 드러내지 않고 있었다.

"집중해!"

그러는 사이 서윤이 바짝 다가서서는 주먹을 뻗었다.

풍절비룡권의 절초들이 펼쳐졌고 감당하기 어려운 기운들이 폭발했다.

마교주는 천마검을 휘두르며 그 기운에 맞서갔고 두 사람의 싸움은 어느 한 쪽으로 치우치지 않고 팽팽한 기세를 유지해 갔다.

사방이 비명 소리요, 사방이 시체였다.

바닥은 흙빛보다는 붉은빛이 더 많았고 맑았던 하늘은

붉은 혈무로 뒤덮여 가기 시작했다.

이기기 위한 싸움이 아닌 소모전 양상으로 싸움이 흘러 가고 있던 그때, 누군가에게는 희망이지만 누군가에게는 절망인 소리가 들려왔다.

"마도를 몰아내라!"

낯익은 목소리.

곤륜을 찾아갔던 남궁진혁의 목소리였다.

"우와아아아아아!"

우렁찬 함성과 함께 남궁가 무인들이 적들을 몰아쳐 갔 다. 그리고 그들과 함께 수백의 도사가 차가운 표정으로 각 자의 병장기를 휘두르기 시작했다.

남궁가가 찾아갔던, 청해성의 차가운 바람을 뚫고 중원 으로 들어온 곤륜파의 도사들이었다.

순식간에 전세가 뒤바뀌었다.

동귀어진에 가까운 흐름으로 흘러가던 싸움은 일방적으 로 정도가 몰아치는 싸움으로 바뀌었다.

적들의 사기는 급격하게 꺾이기 시작했고 쓰러지는 적들 의 숫자가 기하급수적으로 늘어났다.

모든 것이 불리한 상황.

마교주의 분노는 하늘을 찌를 듯 솟구쳤고 시종일관 물 러섬 없이 공격을 퍼붓는 서윤이 짜증스럽기만 했다.

"교주님! 피하셔야 합니다!"

온몸에 피칠을 한 여인이 마교주에게 다가와 소리쳤다. 하지만 마교주는 그녀의 말을 들은 채도 하지 않고 다시금 서윤에게 달려들려고 했다.

"제발!"

여인이 마교주의 팔을 붙잡았다.

그에 마교주는 잔뜩 찌푸린 얼굴로 그녀의 얼굴을 바라보았다.

여인의 표정은 간절함 그 자체였다.

그런 여인의 표정을 마주하니 마교주도 고집을 부리고 있을 수만은 없었다.

그러는 사이 서윤이 다시 한 번 쇄도하며 주먹을 뻗었다. 그러자 마교주는 여인을 자신의 뒤쪽으로 돌려 세우며 천마검을 휘둘렀다.

콰콰콰콱!

서윤의 공격을 막아낸 마교주가 차가운 눈빛으로 서윤을 노려보았다.

"끝이라 생각하지 마라."

그렇게 말한 마교주가 여인을 데리고 그 자리에서 사라졌다. 아비규환 속으로 파고들어 자신을 쫓기 어렵게 만들었다.

마교주가 자리를 피하자 계속해서 밀리기만 하던 마도 무인들도 뿔뿔이 흩어져 자리를 피했다.

"쫓아야 합니다!"

서윤이 도망치는 마도 무인 한 명을 기어코 잡아 쓰러뜨리고는 소리쳤다.

하지만 서윤의 외침이 아니더라도 기세가 하늘을 찌를 듯 오른 정도 무인들은 흩어져 도망치는 마도 무인들의 뒤를 끝까지 쫓았다.

한껏 여유를 부리며 그만큼 압도적인 기세로 정도를 벼랑 끝까지 몰아넣었던 마교주는 끝끝내 정도를 벼랑으로 밀어버리지 못하고 자리를 피하고 말았다.

마교주는 굳은 표정으로 달렸다.

그리고 그의 곁에는 그에게 간절히 애원했던 여인이 있었다.

두 사람은 아무런 말도 하지 않고 최대한 정도 무인들로부터 멀리 떨어지기 위해 달리고 또 달렸다.

그렇게 얼마를 달렸을까. 마교주가 갑자기 우뚝 멈춰 섰다. 그를 기다리고 있는 한 사람이 있었기 때문이었다.

"꼬리를 말고 도망치는 꼴이라니. 그렇게 자신만만하더니 꼴좋구나."

마교주의 표정이 종잇장처럼 구겨졌다. 그에 마교주의 앞을 막아 선 궁마존의 표정에는 비웃음이 번져갔다.

"네놈은 마교주의 자격이 없다, 태생부터."

궁마존의 말에 마교주의 눈썹이 꿈틀거렸다. 몸을 부들 부들 떠는 것이 치솟는 분노를 참기가 어려운 듯 보였다.

"말해라. 설백의 아들이 어째서 마교주 노릇을 하며 정 도와 싸움을 벌이는 것이냐?"

궁마존의 추궁에 마교주는 입을 꾹 다문 채 그를 노려볼 뿐이었다. 그에 작게 한숨을 쉰 궁마존이 다시 입을 열었다.

"끝내 말하지 않고 죽겠다는 것이냐?"

"그래. 내 친부는 설백이다. 전대 마교주는 내 친부가 아 니지."

마교주가 입을 열자 궁마존이 인상을 찌푸렸다.

"설백이 내 친부이긴 하지만 내게 아무것도 해준 것이 없 다. 어미가 전대 교주의 손에 농락당할 때에도 코빼기도 보이 지 않았지. 뒤늦게 나타나서는 본인이 아버지라고 하더군."

"그런데 어째서 검왕의 무공을 익혔지?"

"그전에. 전대 교주는 나와 어미를 이용해 검왕을 잡을 계획을 세웠다. 여기서 재미있는 게 뭔지 아나? 전대 교주 는 내가 친아들이라고 믿고 있었다는 거야. 검왕이 나를 친아들로 착각하고 있다고 생각했지. 그걸 이용한 거야. 그 리고 결국 검왕을 잡았지. 전대 교주와 설백. 둘 다 내게는 결코 반가운 사람들이 아니었다. 그래서 난 생각하고 또 생각했다. 둘 다 엿 먹일 방법을. 그러고는 아주 기발한 방법을 생각해 냈다. 전대 교주에게는 내력을 검왕에게는 검법을 배우기로 마음먹었지."

마교주의 이야기를 듣고 있는 궁마존의 표정은 밝지 않았다. 언뜻 이해가 가면서도 가지 않는 말과 심정이었다.

"전대 교주는 검왕을 처치하려고 했다. 그때 내가 나섰지. 검왕을 내게 달라고. 무공 수련을 위해 이용하겠다고. 그랬더니 흔쾌히 내주더군. 그리고 난 설백과 함께 폐관에 들었다. 그러고는 그에게 약을 써서 여의제룡검을 배웠지. 십여 년 전 정마대전이 벌어지기 전에 전대 교주를 빼돌렸다. 그러고는 대역을 내세웠지. 실혼인 비슷한 거로 말이야. 전대 교주를 가둬놓고 그때 말했다. 내 친부는 당신이 아니고 설백이라고. 이제부터 내가 둘 다에게 절망과 지옥을 보여주겠다고."

"설백을 살려서 보낸 건 무엇 때문이지?"

"절망을 맛보라고. 죽지 말고 살아서 자신의 무공에 의해 정도가 무너지는 것을 똑똑히 지켜보라고. 그래서 살려 보냈다. 생각해 봐. 검왕의 무공에 의해 무너진 정도, 검왕의 무공에 의해 세상에 우뚝 선 마도. 크크크!"

마교주가 실성한 듯 웃음을 흘렸다. 그 모습에 궁마존은 인상을 찌푸렸다. 더 이상 들을 것도 없었다.

"넌 그냥 미친놈이다."

"미친놈? 그래, 맞아. 미친놈이지. 크크크! 생각해 봐! 그 상황에서 어찌 미치지 않고 버틸 수가 있겠나!"

마교주가 소리쳤다. 그에 궁마존은 활을 들어 올렸다.

"어쨌든 던 전대 교주의 아들이 아니다. 게다가 정신 나 간 네놈에게 마도를 맡길 수도 없다. 그러니 이 자리에서 죽어라."

"과연 날 죽일 수 있을까?"

마교주의 말에 궁마존은 당기고 있던 시위를 놓았다.

엄청난 속도로 궁마존의 무형시가 마교주를 향해 날아 갔다.

콰콰쾅!

반쯤 실성한 듯 보였던 마교주는 천마검을 휘두르며 그 의 공격을 막아갔다. 그러고는 엄청난 빠르기로 궁마존을 향해 쇄도했다.

그러나 궁마존 역시 마교주 못지않은 고수.

좁혀진 만큼 거리를 벌리며 연신 활을 쏘아 댔다.

쫓고 쫓기는 상황이 계속되었고 마교주는 점점 더 광기 에 물들어 갔다.

두 사람의 싸움을 바라보고 있는 여인은 두 손을 가슴

에 모으고 있었다.

*   *   *

싸움의 대승으로 정도 측의 분위기는 하늘을 찌를 듯했다. 아직까지 마도 잔당의 뒤를 쫓고는 있었으나 소탕은 시간 문제였다.

아직 마교주와 궁마존이 남아 있기는 하지만 이번 정마대전은 정도의 승리라고 해도 무방했다.

무림맹 제갈공의 집무실에는 서윤를 비롯해 각 문파 장문인과 가주들이 모여 있었다. 그들 사이에 초미의 관심사는 궁마존과 관련된 것이었다.

"궁마존과 저 사이에 거래가 있었습니다."

"거래?"

"예. 궁마존은 마교주의 친부가 누구인지가 궁금했고 제가 그것을 해소해 주기로 했지요. 그것을 조건으로 궁마존은 싸움이 끝날 때까지 간섭하지 않기로 한 겁니다."

"친부라니. 전대 교주의 자식이 아니었던 건가?"

제갈공의 물음에 서윤은 입을 다물었다. 그때, 문이 열리고 설시연의 부축을 받으며 설백이 안으로 들어섰다.

그러자 안에 있던 모든 이가 자리에서 일어났다.

"일어날 것 없네. 다들 자리에 앉지."

설백이 굳은 표정으로 말하자 다들 자리에 앉고는 그를 바라보고 있었다.

"마교주가 누구의 아들인지가 궁금하겠지?"

설백의 말에 모든 이의 머릿속에 '설마?'라는 단어가 떠올랐다.

"내 아들이네… 마교주는……."

설백의 말에 서윤을 제외한 모든 이가 충격에 빠졌다. 그 중에서도 설시연이 받은 충격은 상당했다.

휘청!

설시연이 충격에 휘청거리자 서윤이 얼른 다가가 그녀를 부축했다.

"괜찮아요?"

"괜찮아요."

괜찮다고 대답하는 그녀였지만 목소리는 심하게 떨리고 있었다.

"윤아, 연이 데리고 나가 있으려무나. 잘 다독여 주고."

"예."

설백의 말에 서윤이 설시연을 데리고 제갈공의 집무실을 나섰다. 문이 닫히자 설백은 굳은 표정으로, 하지만 덤덤한 어조로 자초지종을 설명하기 시작했다.

그의 이야기를 듣는 내내 좌중은 충격에서 헤어 나오지 못했다. 설백도 아는 바가 많지 않아 이해가 가지 않는 부분이 많았지만 적어도 마교주가 여의제룡검을 익히고 있는 부분은 완벽히 설명이 되었다.

설백의 이야기가 끝나고 나서도 좌중은 아무런 말도 하지 못했다. 이겼지만 설백의 충격적인 이야기에 분위기는 한없이 가라앉아 있었다.

제갈공의 집무실을 나온 서윤은 설시연을 데리고 방으로 돌아갔다. 방으로 들어온 설시연은 침상으로 다가가 털썩 주저앉았다.

"알고 있었어요?"

"지난번 싸움 직전에 알았어요."

"알고 있었군요."

서윤의 대답에 설시연이 넋이 나간 표정으로 고개를 끄덕이며 말했다.

마교주가 자신의 숙부라니. 말도 안 되는 일이었다.

서윤은 그녀의 곁에 앉아 아무 말 없이 그녀의 등을 쓸어 주었다.

*　　　*　　　*

싸움이 끝나고 한 달 정도의 시간이 지났다.

마도 소탕은 거의 다 끝이 나고 있었다. 계속된 소탕 작전으로 마도인들이 음지로 완전히 숨어들었기에 더 이상의 추격은 무의미했다.

이제 남은 것은 마교주와 궁마존 두 사람뿐이었다.

개방과 각 문파, 그리고 세가에서는 두 사람의 행적을 찾기 위해 모든 정보력을 동원하고 있었다.

숨으려고 마음먹으면 평생 들키지 않고 숨을 수도 있겠지만 두 사람은 어떻게 해서든 찾아내야만 했다.

그렇게 며칠의 시간이 더 지나고 무림맹으로 서찰이 하나 도착했다. 정확히는 서윤 앞으로 온 서찰이었다.

서찰을 받아 든 서윤의 표정은 딱딱하게 굳어 있었다.

그 서찰의 발신인은 다름 아닌 마교주였다.

서찰에는 운남 땅 어느 곳으로 오라는 짤막한 내용만 적혀 있었다.

서윤이 마교주의 서찰을 받고 정확히 한 달이 지났다. 서윤은 무림맹을 떠나 머나먼 운남 땅까지 와 있었다.

다들 함정일지도 모른다며 서윤 홀로 가는 것을 만류했지만 서윤은 그들을 남겨두고 홀로 운남에 와 있었다.

마교주가 언급한 곳에 도착한 서윤은 주변을 두리번거렸다. 그리고 잠시 후, 초췌한 모습의 마교주가 모습을 드러냈다.

"왔군."

마교주의 목소리는 차분했다. 기력이 없어 보이기도 했고 어딘지 슬퍼 보이기도 했다.

"와야지."

서윤이 짧게 대답했다. 그러자 마교주가 다시 입을 열었다.

"난 모든 것을 잃었다. 끝까지 내 곁을 지키던 한 사람마저 이제 이 세상 사람이 아니지. 평생 해왔던 일의 결과가 이것이라니 허탈함은 이루 말할 수 없을 정도였다."

서윤은 마교주의 말을 묵묵히 듣고만 있었다.

"그래도 너와의 싸움은 끝내야겠다는 생각이 들었다. 결과가 어떻게 나든. 그래서 널 이리로 불렀지."

"이곳으로 부른 특별한 이유라도 있는 건가?"

"이곳이 시작이었다. 그러니 끝맺음도 여기서 하는 게 맞겠지."

마교주의 말에 서윤의 눈동자가 심하게 흔들렸다. 그러고는 천천히 주변을 둘러보았다.

그가 말한 시작이라 함은 바로 신도장천과의 싸움을 뜻했다. 서윤이 서 있는 이곳이 바로 신도장천이 생을 마감한 그곳이었다.

서윤은 지그시 눈을 감았다. 그렇게 한참을 서 있었다.

그리고 다시 눈을 떴을 때, 흔들리는 눈동자는 없었다.

"긴 말은 필요 없겠지."

그렇게 말한 서윤이 진기를 끌어 올렸다.

하단전부터 상단전까지 하나가 되었고 서윤의 몸 전체가 하나의 거대한 그릇이 되었다.

그 기운에 반응하여 서윤을 중심으로 주변의 공기가 요동쳤다.

휘이이잉!

잔잔하게 불기 시작하던 바람은 어느새 눈도 제대로 뜨기 힘들 정도로 거센 바람으로 변했다.

팟!

서윤과 마교주가 동시에 땅을 박찼다.

과거 신도장천과 마교주가 그러했듯 서윤의 풍절비룡권과 마교주의 여의제룡검이 진정한 승자를 가리기 위해 허공에서 번뜩였다.

종장

風神徐潤

풍신서윤

설시연은 밤하늘을 올려다보았다.

구름 한 점 없는 맑은 하늘에는 반짝이는 별과 땅을 훤히 비추는 달이 경쟁하듯 서로를 뽐내고 있었다.

그것을 바라보고 있는 설시연은 입가에 미소를 지었다.

다시 돌아온 대륙상단은 익숙한 듯 어색했다.

달라진 것은 아무것도 없었지만 그럼에도 어색했던 까닭은 아마도 그녀가 겪은 수많은 일 때문일 것이었다.

불과 몇 달 전까지 목숨을 걸고 치열한 싸움을 벌였건만 그 모든 것이 한여름 밤의 꿈처럼 느껴질 때가 있었다. 하지만 그 일들은 그녀 깊숙한 곳에 분명히 남아 많은 것을 변화시켰다.

서윤이 운남으로 떠난 지도 제법 오랜 시간이 흘렀다.

아직까지도 마교주와의 싸움이 어떻게 되었는지 아무런 소식도 들려오지 않고 있었다.

무림맹과 개방에서 두 사람의 행방을 찾고 있었지만 어디로 사라졌는지 도무지 찾을 수가 없었다.

밤하늘을 올려다보던 설시연이 고개를 돌렸다.

달빛이 미치지 않는 짙은 어둠이 내려앉아 있는 곳이었다.

물끄러미 그곳을 바라보던 설시연의 눈동자가 조금씩 흔들리기 시작했다.

어둠을 뚫고 너무나 보고 싶었던 사람이 걸어오고 있었기 때문이었다.

설시연은 눈앞이 뿌옇게 흐려졌다.

하지만 입가에는 그 어느 때보다 행복한 미소를 짓고 있었다.

설시연이 발걸음을 떼었다.

천천히 걸어가던 걸음이 조금씩 빨라지더니 이내 달리기 시작했다.

와락!

설시연이 서윤에게 안겼다.

온몸으로 느껴지는 감촉은 이것이 꿈이 아니라 현실이라
는 것을 알려주고 있었다.

"나 왔어요."

서윤이 그녀를 안은 채 나직이 속삭였다.

그에 설시연은 참았던 눈물을 터뜨릴 수밖에 없었다.

자신의 품에서 흐느끼는 그녀의 등을 가만히 서서 쓸어
주던 서윤이 미소와 함께 그녀를 살짝 떨어뜨려 놓았다.

눈물이 그렁그렁한 채로 자신을 바라보는 설시연을 애틋
한 눈빛으로 바라보던 서윤이 한 마디 말을 내뱉었다.

"사랑해요."

그리고 이어지는 입맞춤.

두 사람의 얼굴에는 세상 그 무엇과도 바꿀 수 없는 행
복이 묻어나고 있었다.

*   *   *

"후우……."

서윤이 깊은 한숨과 함께 땀을 닦으며 구부렸던 허리를
폈다. 잡초가 무성하던 마당은 어느새 깔끔하게 정리되어
있었다.

끼익!

"다 됐어요?"

"응. 다 됐어."

초옥의 문이 열리고 설시연이 밖으로 나왔다. 그러고는
마치 검사라도 하듯 주변을 훑었다.

"제대로 했다니까?"

"흠… 뭐, 이 정도면 봐줄 만하네요. 합격!"

그렇게 말한 설시연이 환한 미소를 지었다. 그에 서윤도
다행이라는 듯 미소를 짓고는 그녀에게 다가갔다.

"이제 한 가지만 남았네."

"그러게요. 얼른 모셔요."

설시연의 말에 서윤이 초옥 안으로 들어갔다가 무언가
를 가지고 나왔다. 그러고는 초옥 뒤쪽으로 돌아갔다.

초옥 뒤에는 지은 지 얼마 되지 않은 것 같은 자그마한
사당이 하나 있었다.

사당 안으로 들어간 서윤은 그 안에 조심스럽게 손에 들
고 있던 위패를 하나씩 놓았다.

아버지와 어머니의 위패를 나란히 놓은 서윤은 자신의
손을 내려다보았다.

아직 남아 있는 세 개의 위패.

잠시 말없이 위패를 쓰다듬던 서윤이 부모님의 위패 옆

에 나머지 위패를 조심스럽게 놓았다.

위패에는 각각 우인의 부친과 우인, 그리고 소옥의 이름이 적혀 있었다.

위패를 모두 놓은 서윤은 그 앞에 서서 가지런히 손을 모은 뒤 고개를 숙였다.

'아버지, 어머니. 많이 늦었어요. 죄송합니다. 그리고 아저씨, 우인아, 소옥아! 미안하다. 정말 미안하다.'

서윤은 눈을 감은 채 속으로 말했다. 왈칵 눈물이 올라올 것 같았지만 이를 악물고 참았다.

'그리고 마을에 계시던 모든 분들, 일일이 위패를 만들어 드리지 못해 죄송합니다. 이 마음 평생 가지고 살아가겠습니다.'

마지막으로 희생당한 마을 사람들에게도 미안한 마음을 전한 서윤이 고개를 들었다. 그러고는 사당을 나왔다.

사당 밖에는 서윤이 안에서 시간을 보낼 수 있도록 기다리고 있던 설시연이 서 있었다. 설시연은 사당을 나서는 서윤을 향해 환한 미소를 지어 주었다.

"배고프죠? 밥 해줄게요."

설시연의 말에 서윤의 표정이 딱딱하게 굳었다. 그러고는 두려움에 찬 표정으로 물었다.

"오늘은 먹을 수 있는 거죠?"

"내가 백아를 어디에 뒀더라……."

서윤의 말에 설시연이 정색을 하며 백아를 찾았다. 그에 식겁한 서윤이 재빨리 도망쳤다.

먼 길을 돌고 돌아 다시금 소소한 삶으로 돌아온 서윤이었다. 밝게 웃으며 다시는 이 행복을 놓치지 않겠노라고 굳게 다짐했다.

『풍신서윤』완결

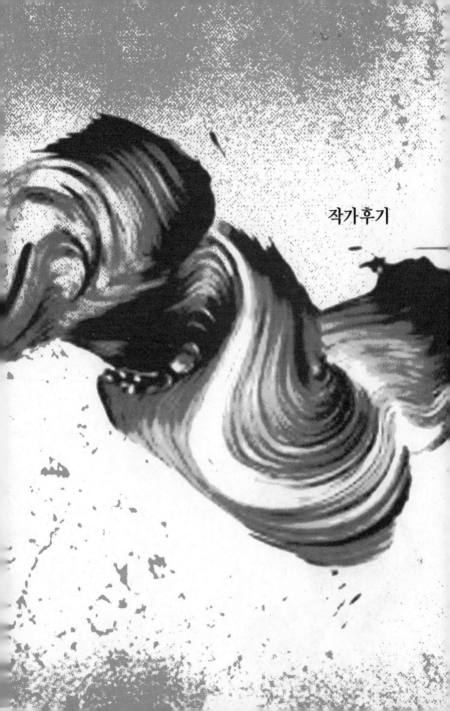

작가후기

風神 徐閨

풍신서윤

풍신서윤을 본격적으로 쓰기 시작한 것이 작년 이맘때쯤입니다.

그리고 꼬박 1년이 걸려서 긴 이야기 하나를 끝냈네요. 완결 짓는 것이 처음은 아니지만 그래도 이번에는 뭔가 느낌이 조금 다른 듯합니다.

서윤은 여린 사람입니다.

어찌 보면 무협이라는 이야기에 어울리지 않을 사람이기도 합니다. 한 사람의 인간적인 면모를 드러내는 방법은 여러 가지가 있을 수 있지만, 개인적으로 힘든 일을 겪으면 힘들어하고 슬픈 일을 겪으면 슬퍼하고 다치면 아파하는 그런 주인공을 그려보고 싶었습니다. 초사이어인 같은 주인공보다 더 현실적이고 인간적인 그런 주인공을요.

서윤의 모습은 원했던 대로 그려진 것 같긴 하지만 많은 분이 보시기에는 답답하게 느껴지셨을 것 같기도 합니다. 그래서 차기작에는 좀 더 무협에 어울리는, 카리스마 있고 짱 센 주인공을 한 번 다뤄볼까 합니다.

언제나 그렇듯 이번 작품 또한 아쉬움이 많이 남는 작품입니다. 그간 무협을 쓰면서도 전투신이 약하다는 이야기도 많이 들어왔고, 그 부분에 개인적으로도 아쉬움이 많았던 터라 이번에는 전투 장면에 공을 많이 들였습니다.

어떻게 보셨을지는 모르겠지만 이전보다는 조금 나아진 것 같기도 해서 조금은 다행이라고 생각하고 있습니다.

하지만 거기에 너무 힘을 쏟아서 그런지 여러 가지 오류, 그리고 연출력 부족, 필력 부족 등이 확 드러난 것 같아 부끄럽습니다.

전작인 단월검제 5권 출간 후 취업 준비, 취업 후 회사 생활 등으로 2년 정도 글을 쉬었다가 뒤늦게 완결을 짓고 나서 본격적으로 다시 글을 쓰기 시작했습니다.

그 과정에서 여러 가지 일들도 겪다 보니 완전히 감을 찾지 못했던 것 같습니다.

거기다가 처음으로 열 권짜리 이야기를 쓰려다 보니 중간에 힘이 떨어지는 느낌도 확 받았고요. 다음 작품에서는 이런 부분들을 좀 더 보완해야겠다는 큰 숙제가 생겨 한 번 도전해 볼까 합니다.

2006년 난감천재로 처음 출간을 한 뒤 벌써 11년째가 되었습니다. 그사이에 군대 2년을 제외하더라도 다섯 작품이면 많은 숫자는 아닙니다.

언제까지 글쟁이로 살아갈 수 있을지는 모르겠지만 할 수 있는 데까지 열심히 해볼 생각입니다. 매 작품 출간 할 때마다 발전하는 모습을 보여드리는 것이 목표입니다.

잘하고 싶은 것에서는 욕먹으면 상처도 잘 받고 기도 잘 죽는 터라 댓글 같은 것을 잘 안 보려고 합니다만, 그래도 궁금해서 슬쩍슬쩍 보기는 합니다.

연재 글에, 혹은 후기 글에 지적과 비평 부탁드립니다.

잠깐의 재충전 후 차기작으로 다시 돌아오겠습니다. 그
때까지 다들 몸 건강히 지내시기 바랍니다.

선선한 바람이 부는 어느 가을 날
강태훈 드림

초대형 24시 만화방

신간 100%, 샤워실, 흡연실, 수면실(침대석), 커플석, 세탁기 완비

■ 시흥 정왕25시점 ■

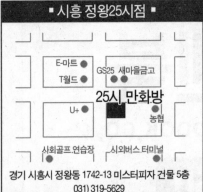

경기 시흥시 정왕동 1742-13 미스터피자 건물 5층
031) 319-5629

■ 강북 노원역점 ■

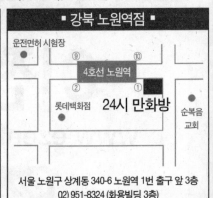

서울 노원구 상계동 340-6 노원역 1번 출구 앞 3층
02) 951-8324 (화용빌딩 3층)

■ 일산 정발산역점 ■

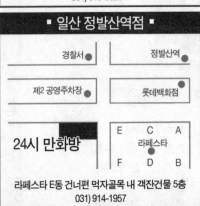

라페스타 T동 건너편 먹자골목 내 객잔건물 5층
031) 914-1957

■ 일산 화정역점 ■

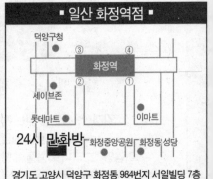

경기도 고양시 덕양구 화정동 984번지 서일빌딩 7층
031) 979-4874 (서일사우나 건물 7층)

■ 부천 역곡역점 ■

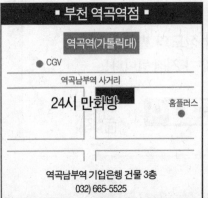

역곡남부역 기업은행 건물 3층
032) 665-5525

■ 부평역점 ■

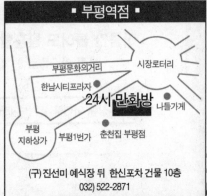

(구) 진선미 예식장 뒤 한신포차 건물 10층
032) 522-2871

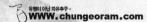

十字星 십자성
전왕의 검

허담 新무협 판타지 소설
FANTASTIC ORIENTAL HEROES

신력을 타고났으나 그것은 축복이 아닌 저주였다.

『십자성 - 전왕의 검』

남과 다르기에 계속된 도망자의 삶.
거듭된 도망의 끝은 북방 이민족의 땅이었다.
야만자의 땅에서 적풍은 마침내 검을 드는데……!

"다시는 숨어 살지 않겠다!"

쫓기지 않고 군림하리라!
절대마지 십자성을 거느린
적풍의 압도적인 무림행이 시작된다!

미러클 테이머

인기영 장편소설

FUSION FANTASTIC STORY

MIRACLE TAMER

이계로 떨어져 최강, 최고의 테이머가 되었다.
그러나… 남은 것은 지독한 배신뿐.

배신의 끝에서 루아진은 고향 지구로 되돌아오게 되는데…….
몬스터가 출몰하기 시작한 지구!
그리고 몬스터를 길들일 수 있는 테이머 루아진!
그 둘의 조합은……?

『미러클 테이머』

바야흐로 시작되는
테이머 루아진과 몬스터들의 알콩달콩한
대파괴의 서사시!!

Publishing CHUNGEORAM

유행이 아닌 자유추구 -
WWW.chungeoram.com

이모탈 퓨전 판타지 소설
FUSION FANTASTIC STORY

용병들의 대지
Road of Mercenaries

이 세계엔 3개의 성역이 존재한다.
기사들의 성역, 에퀘스.
마법사들의 성역, 바벨의 탑.
그리고… 그들의 끊임없는 견제 속에 탄생하지 못한

『용병들의 대지』

전쟁터의 가장 밑을 뒹굴던 하급 용병 아론은
이차원의 자신을 살해하고 최강을 노릴 힘을 가지게 된다.

그의 앞으로 찾아온 새로운 인생!
아론은 전설로만 전해지던
용병들의 대지를 실현시킬 수 있을 것인가!

Book Publishing CHUNGEORAM

용병들의 대지 1권
WWW.chungeoram.com

FUSION FANTASTIC STORY

텀블러 장편소설

현대
천마록

천하를 호령하고, 전 무림을 통합한
일월신교의 교주 천하랑.
사람들은 그를 천마, 혹은 혈마대제라고 불렀다.

『현대 천마록』

무공의 끝은 불로불사가 되는 것이라 생각했지만
그로서도 자연의 섭리 앞에선 어쩔 수 없었다!

'그렇게 많은 피를 흘렸음에도 불구하고
죽을 때가 되니 남는 것이 없군그래.'

거듭된 고련 끝에 천하랑의 영혼이
존재하지 않게 된 그 순간
그의 영혼은 현세에서 천마로서 눈을 뜬다!

Book Publishing CHUNGEORAM

유행이 아닌 자유추구 -
WWW. chungeoram.com